Über den Autor:

Sandro Hübner, geboren am 07. August 1991 in Görlitz. Besuchte erfolgreich die Schule und widmete sich mit 10 Jahren Kurzgeschichten, Gedichten und Vorträgen die sehr umfangreich verfasst waren. Als er 17 Jahre alt war und sich als Schriftsteller die Zeit, für seinen Ersten Roman: SAD SONG - Trauriges Lied - nahm, machte ihm das Schreiben sehr großen Spaß. Sandro Hübner lebt mit seinem Partner in Berlin und arbeitet bereits an seinem nächsten Roman.

Vom Autor bereits erschienen: siehe am Buchende

**In dankbarer und liebevoller Erinnerung
an meine liebe Mama**

**Alle Geschichten, wenn man sie
bis zum Ende erzählt,
hören mit dem Tode auf.
Wer Ihnen das vorenthält,
ist kein guter Erzähler.**

E. Hemingway

SANDRO HÜBNER

SPANNENDE THRILLER-GESCHICHTEN

Thriller

Bibliografische Information der Deutschen Nationalbibliothek:
Die Deutsche Nationalbibliothek verzeichnet diese Publikation in der Deutschen Nationalbibliografie; detaillierte bibliografische Daten sind im Internet über http://dnb.dnb.de abrufbar.

TWENTYSIX – Der Self-Publishing-Verlag
Eine Kooperation zwischen der Verlagsgruppe Random House und BoD – Books on Demand.

© 2013 Sandro Hübner

Herstellung und Verlag:
BoD - Books on Demand, Norderstedt

ISBN: 978-3-7407-4636 -0

Alle Rechte, einschließlich die des auszugsweisen Nachdrucks in jeglicher Form und der Übersetzung, sind vorbehalten. Das Werk darf – auch teilweise – nur mit Genehmigung des Autors wiedergegeben werden.

INHALT:

Titel	Seite
Der Anschlag	7
Der Fleischer	13
Das Spiel	17
Der Killer und seine Frau	23
Auf der Flucht	31
Ein blutiges Hobby	39
Der Hotelzimmergeist	55
Ganz alleine	67
Küss mich	73
Kein guter Tag	77
Nachts	89
Stille Nacht, grausame Nacht	95
Ein ganz normaler Vormittag	129
Die Seitenstraße	135
Die Großeltern des Schreckens	139
Anmerkung des Autors	145

Es ist nicht möglich, etwas zu beobachten
ohne es zu verändern.

Frank Knoll
Geschäftsführer von Knoll-Meteo

DER ANSCHLAG

Ich werde heute sterben.

Ich weiß noch nicht wie oder wann, ich weiß einfach, dass es heute passieren wird. Niemand glaubt mir. Oder besser gesagt, niemand will mir glauben. Es ist viel leichter, einfach zu sagen: Der Typ da, der ist verrückt. Aber ich bin nicht verrückt. Dabei bin ich mir ganz sicher. Verrückte können nicht klar und logisch denken. Das unterscheidet die Normalen von den Verrückten. Manche Menschen denken darüber nach, was sie machen würden, wenn sie nur noch einen Tag zu leben hätten. Ich habe nie daran gedacht. Aber nun weiß ich, was ich an meinen letzten Tag machen will.

Ich sehe meine Waffen vor mir auf den Tisch. Zwei Sturmgewehre, zwei Pistolen und jede Menge Ersatzmagazine. Es war kein Problem, diese Waffen zu besorgen. Wir leben in Amerika. Jeder Idiot hatte schon eine Waffe. Meine Hände umspielten liebevoll das kalte Metall. Ich zittere vor Erregung und ein Lächeln umspielt mein Gesicht. Ich bin aufgestanden und habe einen Blick aus dem Fenster geworfen. Im Osten ging schon langsam die Sonne auf. Man konnte schon orangerote Strahlen sehen, die sich den Weg zu r Erde bahnen. Ich sehe auf der Straße ein paar Jogger ihre morgendliche Runde drehen. Ich drehe mich um und gehe gemütlich zum Tisch und hole eines der beiden Sturmgewehre. Ich lege den Kolben an meine Schulter und schaue durch das Zielfernrohr. Der Kopf eines Läufers befand sich genau im Fadenkreuz.

Ich blieb vollkommen ruhig, als ich den Abzug ganz durchdrückte. Der Knall war laut, viel lauter als ich gedacht hätte. Ich zuckte zusammen, dennoch traf ich. Ich beobachtete fasziniert, wie sein Kopf scheinbar explodierte. Ein Wolke aus Blut und was weiß ich noch alles färbte die Umgebung rot. Ich hörte Schreie. Ich ignorierte sie. Ich visierte den nächsten an. Es war nicht einfach, er ließ um sein Leben. Doch eine Salve genügte, und auch er lag tot am Boden. Auf einmal waren die Straßen menschenleer. Ich verließ mein Haus, natürlich mitsamt meinen Waffen, und stieg in mein Auto. Mit viel Schwung fuhr ich aus der Einfahrt und bog mit überhöhter Geschwindigkeit auf die Landstraße ein.

Das erste was ich bemerkte war der viele Verkehr. Jede Menge Opfer, dachte ich, die zur falschen Zeit am falschen Ort waren. Ich ließ mein Fenster herunter, visierte mit dem Gewehr den Fahrer neben mir an und auch sein Kopf explodierte. Das Blut spritze an das Seitenfenster, und das Auto kam von der Straße ab. Ich sah im Rückspiegel, wie es sich mehrmals überschlug und schlussendlich auf den Dach stehen blieb.

Verächtlich schaute ich weg und sah mein nächstes Opfer. Ich rammte das Auto zu meiner Rechten. Das Auto geriet ins Schleudern und blieb mitten auf der Fahrbahn stehen. Ich stieg aus, riss die Tür auf und jagte der Frau auf dem Steuer eine Menge Blei in den Kopf. Der Beifahrer ein etwa 15-jähriger Junge war über und über mit Blut bespritzt. Ich lächelte ihn an. Das war das letzte was er sah, bevor ich auch ihn erschoss. Ich drehe mich um und hörte plötzlich einen Knall.

Mein Bein schien zu explodieren, ich knickte ein und spürte, wie es war über meinem Unterschenkel lief. Ich war getroffen worden. Während des Sturzes hatte ich mein Gewehr fallen gelassen. Ich griff nach meiner Pistole, aber spürte, wie mich zwei Kugeln in die Brust trafen. Ich sank zu Boden und sah, wie ein Autofahrer seine Pistole auf mich richtete. Ich habe doch gesagt, in Amerika hat jeder Idiot eine Knarre. In der Ferne hörte ich leise Polizeisirenen ihr altbekanntes Lied singen. Mit letzter Kraft richtete ich mich auf. Ich wusste dass ich heute sterben werde. Das waren die letzten Gedanken, die mir durch den Kopf gingen. Ich schloss die Augen und wartete auf den finalen Knall . . .

DER FLEISCHER

Nora geht gerade von der Disko nach Hause, wie jeden Freitagabend. Doch dieser Abend war kein gewöhnlicher. Sie überlegte gerade, ob sie durch den Park gehen solle, denn der wäre eine Abkürzung. Kurz entschlossen wählte sie den Weg durch den Park, der ihr zum Verhängnis wurde. Ein Mann, nicht gerade auffällig stand bei einem Baum mit einer Zigarette in der Hand. Als Nora bei ihm vorbei ging bemerkte sie, dass der Mann ein Messer in der Hand hielt. Sie ging immer schneller und schneller doch plötzlich hörte sie Schritte hinter ihr und wenn sie schneller wurde, wurden auch die Schritte hinter ihr schneller. Sie hatte beschlossen sich nicht umzudrehen, doch dann packte der Mann sie schon von hinten.

Am nächsten Tag stand in der Zeitung:

Der Fleischer treibt wieder sein Unwesen. Gestern Nacht wurden die Leichtenteile von Nora Müller (17) zerhackt in einem Mistkübel in der Nähe des Stadtparks gefunden. Die Ermittler gehen davon aus dass der Mörder schon auf sein Opfer gewartet hat. Wie sich herausstellte hat der Fleischer es auf junge Mädchen abgesehen. Personenbeschreibung: der Mörder, der seine Opfer immer in einer Fleischerei ermordet hatte kurze braune Haare und eine Tätowierung auf der rechten Hand.

Als Privatermittler John McRay sich auf die Suche des Mörders machte, wartete dieser schon auf ihn. Was John nicht weiß: Der Mörder ist der Mann, dessen Tochter vor 5 Jahren bei einem Autounfall gestorben ist. Und John ist derjenige, der Schuld war an ihrem Tod war, denn er war am Steuer eingeschlafen. An einer verlassenen Bushaltestelle. Und wieder packte er sein Opfer von hinten und stieß ihm das Messer in den Rücken. Die Leiche ließ er einfach an Ort und Stelle liegen. Er blickte zum Himmel rauf und lächelte. Jetzt habe ich dich gerächt, liebes Töchterchen. Dein Mörder ist tot, so wie du es wolltest. war das letzte was er an diesem Abend sagte.

Man hörte nie wieder was von „dem Fleischer" und er brachte auch keine weiteren Menschen um, schließlich hatte er umgebracht, denn den er wollte.

DAS SPIEL

Langsam schmolzen die Geräusche zu einem penetranten Sirren zusammen. Doch abgesehen von diesem Sirren war es still um ihn. Er lauschte. Irgendwo musste sie doch sein. Sie versteckte sich. Aber egal wie lange es dauern würde, er konnte warten. Schließlich gehörte das zu seinem Spiel. Warten. Oh ja, es war sein Spiel. Wie viel Zeit er in das Auswählen seiner Gegenspieler investierte, hing von seiner Laune ab und von seiner Gier.

Vor allem von seiner Gier. Doch egal wie lange das Spiel diesmal dauern würde - er würde gewinnen. So wie er immer gewann.

Langsam schritt er die dunkle Gasse entlang, blieb stehen. Er konnte sie riechen. Ihre Angst. Ihren Schweiß. Er verzog das Gesicht zu einem hämischen Grinsen, seine perfekt weißen Zähne funkelten im Licht seiner Kerze. Ja, eine Kerze. Er wollte es doch feierlich halten. Sein Spiel.

Doch langsam wurde er ungeduldig. Wie lange musste er sein Verlangen jetzt schon zähmen? Es war später als sonst und das gefiel ihm nicht. Er ließ sich nicht gerne die Kontrolle nehmen. Es war sein Spiel - nicht ihres. Aber das würde er ihr schon noch zeigen.

Sein Unmut hatte sich gelegt. Leise vor sich hin summend ging er weiter. Er wusste wo sie war. Er spürte sie. Er war sensibel für so etwas, das war schon immer so.

Schon in der Schule nannten sie ihn „Weichei, Warmduscher, Sensibelchen". Tja, damals hatten sie mit seinen Gefühlen gespielt, hatten ihn ausgelacht, wenn er zu weinen begann. Jetzt verstand er sie. Es war ein irres Gefühl, Menschen Angst zu machen.

Ihr Betteln und Flehen befriedigte ihn auf eine Art, wie es noch nicht einmal seine Sekretärin tat, geschweige denn seine Frau.

Mittlerweile hat er sein Ziel erreicht. Ein gutes Versteck. Unter all den Müllsäcken würde so ein feiner Herr ja nie suchen. Irrtum. Langsam aber bestimmt hob er einen Sack nach dem anderen auf und warf ihn auf die andere Seite der gasseneinschließenden Mauer. Da lag sie: zitternd und weinend.

Sanft lächelte er sie an. Er würde sie waschen müssen, bevor er mit der Zeremonie beginnen konnte. Ihr Rock war zerrissen, ihre Bluse dreckverschmiert. Vorsichtig hob er sie auf - sie wehrte sich kaum. Er wollte ihr nicht weh tun, nicht jetzt, dafür war es noch zu früh.

Der Ort wo er sie hinbrachte, war nicht weit entfernt. Er hatte zuvor schon alles vorbereitet. Plötzlich fing sie an zu schreien, schlug um sich, trat nach ihm. Nur die Ruhe bewahren. Das kannte er ja schließlich schon.

Mit Kraft packte er sie und band sie fest. Dann verklebte er ihr den Mund, holte eine Schere, schnitt ihr die Bluse auf, dann den BH, den Rock, den Slip. Er stopfte ihre Sachen in eine Plastiktüte "68". Er holte eine Schüssel mit Wasser und einen Lappen und wusch ihr den Dreck vom Körper. Er wusste, was sie dachte.

Nein, er würde sich nicht an ihr vergehen. Das gehörte nicht zu seinem Spiel. Und Spielregeln änderte man nicht - er nicht. Er spürte ihre Angst, ihre Verzweiflung und ergötzte sich an ihnen. Es machte ihn geil. Und wie jedes Mal verspürte diesen Drang. Aber nein! Regeln sind Regeln. Dann tat er das, was er immer tat.

Auch wenn er sie nie gerne tötete, es musste sein.

Er könnte es nicht ertragen, zum Gespött zu werden, wenn jemand seine Neigung kannte.

Also setzte er seinem Spiel ein Ende.

Jedenfalls für heute.

DER KILLER UND DIE FRAU

In einem Cafe sitzt ein Mann und trinkt in Ruhe seinen Mokka, isst dazu ein kleines Stück Kuchen, es ist ein Erdbeerkuchen und als er fertig ist, lehnt er sich entspannt zurück und beobachtet die Leute, die wie er da sitzen und bei einem Kaffee und einem Stück Kuchen den schönen Tag genießen.

Er hat momentan nicht viel zu tun, da er freiberuflich ist und sich seine Zeit frei einteilen kann. Seinen letzten Geschäftsauftrag hat er vor ein paar Tagen erledigt und nun hat er Freizeit.

Da summt sein Handy und eine SMS erscheint auf dem Display, „Neuer Auftrag", er liest es und runzelt seine Stirn.

Der alte Auftrag ist gerade drei Tage her und nun noch einer, ist ja ungewöhnlich, denkt er bei sich, aber nun gut, Geschäft ist Geschäft, wahrscheinlich wollen sie den besten und der bin ich, denkt er und lächelt.

Er winkt der Kellnerin, bezahlt, natürlich mit einem großzügigen Trinkgeld, lächelt ihr noch zum Abschied zu und geht zu seinem Hotel.

In seinem Zimmer angekommen, holt er seinen Laptop vor, startet ihn und loggt sich in sein Mailprogramm ein.

Dort sieht er eine Mail im Posteingang, er öffnet sie und fängt an zu lesen.

Na toll, denkt er, so kurz hintereinander und noch dazu im gleichen Land, sogar im gleichen Bundesland, hoffentlich geht es gut.

Aber, überlegt er weiter, das Geld für den Auftrag könnte ich gut gebrauchen, danach habe ich 15 Millionen Euro und kann mich zur Ruhe setzen. Er lächelt leicht, schreibt eine Antwortmail und drückt auf Enter. So, nun werde ich wohl oder übel meinen Urlaub beenden und mich auf dem Weg machen, seufzt er und fängt an, seine Sachen zusammen zu räumen.

Nachdem er das Zimmer gekündigt und alle seine Rechnungen bezahlt hat, verlässt er das Hotel und geht zum Bahnhof. Auf nach München, denkt er, sucht sich die passende Verbindung heraus und nachdem er die Fahrkarte gekauft hat, geht er zum Bahnsteig und wartet auf den richtigen Zug.

In München angekommen, sucht er sich eine kleine Pension, mietet sich ein Zimmer für eine unbestimmte Zeit und danach besorgt er sich ein Stadtplan und studiert ihn ausgiebig, danach ging er schlafen.

Am nächsten Morgen, nach einem ausgiebigen Frühstück, suchte er einem Laden für Friseurbedarf und kauft dort Tönungscreme, danach lässt er sich in einem Herrenausstatter neu einkleiden und fährt zurück zur Pension. Dort verwandelt er sich, vorher blond, blauäugig und leger gekleidet, zum dunkelhaarigen braunäugigen Geschäftsmann.

Seine plötzliche Verwandlung verwunderte keinen, denn in dieser kleinen Pension gibt es keinen mehr, der sich wundern könnte, sie wurde nur von einem älteren Ehepaar geführt und Gäste waren keine da. Das Ehepaar lag friedlich in dem Raum hinter der Anmeldung, als wenn sie dort nur ein kurzes Schläfchen hielten, sie lagen da ganz ruhig, keine Atembewegungen waren zu sehen und zu hören. Es war saubere Arbeit, ohne Spuren äußerlicher Gewaltanwendung. Er hasste Gewalt, rohe brutale blutige Gewalt, so was verabscheute er zutiefst, wie er es aber machte, das seine Opfer aussahen, als wenn sie schliefen, das war sein Geheimnis und sein Erfolg.

Er wurde gern gebucht, wenn es darum ging, Leute aus dem Weg zu schaffen, ohne Aufsehen und ohne Spuren zu hinterlassen und das in kürzester Zeit. Er war der beste und das wusste er.

Für diesen Auftrag hat er auch nur einen Tag Zeit, sein übliches Zeitfenster betrug normalerweise drei Tage bis eine Woche, aber die Höhe der Summe überzeugte ihn, es in einem Tag zu schaffen.

Es ging um einen Mann, wie bei den meisten Aufträgen und er musste heute noch sterben. Er hatte schon viele Männer getötet, darunter auch Frauen, selten zwar, aber es passierte. Morde an Kindern oder komplette Familien lehnte er ab, aus Prinzip.

Es gab nur ein Haken bei dem Auftrag, er sollte die Frau von dem Mann von der Wohnung fernhalten und sie irgendwo hinbringen und dann außer Gefecht setzen, aber nicht umbringen. Warum, wusste er nicht, er stellte aber keine Fragen.

Er war durch seinen Auftraggeber informiert, wo sich die Frau am Vormittag aufhielt, also begab er sich dorthin. Dort angekommen, schaute er sich um und entdeckte sie an einem Cafe. Sie frühstückte und las dabei eine Zeitung. Er setzte sich an den Nebentisch, bestellte sich einen Mokka und beobachtete sie dann unauffällig. Sie war hübsch, lange schwarze Haare, dunkler Teint und braune Augen. Ihr Mund war sehr sinnlich und als sie sich einen Kaffee bestellte, überkam ihn ein fröstelten, so erotisch war ihre Stimme. Er war eigentlich stolz, seine Gefühle unter Kontrolle zu haben, aber jetzt bemerkte er, wie ihm diese Kontrolle entglitt, je länger er sie betrachtete, desto mehr faszinierte sie ihn.

Ihm war so was noch nie passiert, aber er musste sich zusammen reißen, er hatte schließlich einen Auftrag.

Also räusperte er sich kurz, drehte sich leicht zu ihr hin und fragte: „Ähm, entschuldigen sie, könnte ich ein Stück von ihrer Zeitung haben, ich bin gerade hier angekommen und hatte vergessen, mir eine zu kaufen?". Sie drehte ihren Kopf zu ihm hin, blinzelte kurz und antwortete leicht lächelnd: „Welches Stück hätten sie den gerne, oben oder unten, mit Bild oder ohne oder soll ich was aus der Mitte heraus reißen?".

Er stutzte kurz und lachte dann, „nein", sagte er, „machen Sie ihre Zeitung nicht wegen mir kaputt, ich wollte Sie eigentlich bloß ansprechen und mir ist kein guter Grund als dieser eingefallen". Da lächelte sie noch mehr und erwiderte: „ OK, in Ordnung, das hätte ja geklappt". Prima, dachte er bei sich und fragte, ob er sich zu ihr setzen könnte. Sie hatte nichts dagegen und somit war der erste Schritt getan, um seinen Auftrag zu erfüllen. So setzte er sich zu ihr und sie unterhielten sich. Mit der Zeit wurde ihre Anziehung auf ihn immer stärker, er war begeistert von ihrem Aussehen, ihrem Wissen, ihren Charme, ihren Temperament, kurz gesagt, er merkte, wie er sich langsam in sie verliebte.

Achtung, sagte er bei sich, als er es wahrnahm, lass es nicht zu, denk an deinen Auftrag. Er fragte, ob sie eventuell noch mit ihm ein bisschen spazieren gehen wollte, es sei so schönes Wetter und da er morgen wieder abreisen müsste, wollte er seine restliche Zeit nützen und zwar mit ihr. Sie war einverstanden und er bestand darauf, ihre Rechnung zu übernehmen und bezahlte.

Sie überlegte kurz und sagte ihm, wo ein schöner Park zum spazieren gehen war. Als sie dort angekommen waren, gingen sie spazieren. Es war ein schöner sonniger Tag, er unterhält sich mit ihr, sie lachten und scherzten, aber er bemerkte, dass er immer mehr begeisterter von ihr wurde.

Aber leider musste er was erledigen und so suchte er unauffällig eine abgelegene Stelle, wo er sie schlafen legen konnte.

Er fand diese Stelle, eine schöne Bank an einem See, ringsherum war Schilf und hohe Büsche, ideal als Versteck für sie, damit sie nicht vorzeitig entdeckt würde, zumindest für die eine Stunde, die er brauchte, um den Mord durchzuführen.

Sie setzten sich, guckten zu den Schwänen und Gänsen, hörten den Singvögeln beim trillern zu, es war einfach herrlich und wunderschön, er wurde mutig und legte vorsichtig seinen Arm um ihre Schulter. Jetzt oder nie, es wird Zeit, dachte er, aber vorher möchte ich noch einen Kuss von ihr.

„Darf ich dich küssen, zum Abschied, weil ich gleich los muss?": fragte er. „Ja": antwortete sie leise, „aber ich möchte einen langen Kuss". Er zitterte leicht bei ihrer Antwort, zog sie an sich heran und küsste sie, es war ihm zumute, als wenn ein Feuerwerk abbrennt, in seinem Mund, in seinem Körper, einfach jede Faser, jeder Nerv in ihm vibrierte.

Ein leichter Schmerz durchfuhr seine Zunge, er zuckte zurück und schaute sie an.

Sie schaute ihn ebenfalls an und lächelte. Plötzlich merkte er, wie ihm schwindlig wurde, seine Beine und Arme fingen an zu zittern und er merkte, wie sein Blickfeld sich verengte. Oh mein Gott, Hilfe!

„Wwwa . . . waaas . . . waaarum . . .": stotterte er. Sie hielt ihn fest und legte ihn langsam auf die Bank, er konnte nichts dagegen tun, er war wie gelähmt.

„Warum?": sagte sie, „du bist zu gefährlich geworden und außerdem zu lange im Geschäft, du weißt zu viel, dein Auftraggeber hat beschlossen, das es Zeit ist für eine Ablösung und die bin ich...ach ja und außerdem bin ich die Frau von ihm, somit bleibt zukünftig alles in der Familie, sozusagen". Sie lachte und legte seine Beine auf die Bank, holte eine kleine Flasche Schnaps aus ihrer Tasche, bespritze ihn ein wenig mit deren Inhalt und legte sie neben ihm auf den Boden. „So, dann schlaf schön und wenn es dich tröstet, du warst der Beste . . .": sagte sie und küsste ihn sanft auf den Mund. Er wollte noch antworten, aber er bekam seinen Mund nicht mehr auf, seine Zunge gehorchte ihn nicht mehr und er merkte, wie die Wärme langsam aus seinen Körper entweicht, er fing an zu frieren und sein Blickfeld wurde immer enger, kurz bevor es endgültig dunkel wurde, sah er einen Mann aus dem Gebüsch kommen, er fasste der Frau um die Hüfte, küsste sie, nahm ihren Arm und dann gingen die beiden weg. Das letzte, was er sah, war der Blick dieser Frau aus ihren dunklen braunen Augen.

Mist, das war's, dachte er, eine Frau, eine Frau hat es geschafft, Liebe macht eben schwach, dann wurde es finster und er fiel in ein tiefes endloses schwarzes Nichts.

AUF DER FLUCHT

Sie waren da. Laute Schläge hämmerten gegen die Tür. Von draußen drangen Stimmen zu ihm durch. Ittus vernahm Rufe wie „Da drinnen ist er!", „Er hat die Tür verschlossen!" und „Tötet ihn!". Entsetzt richtete er sich auf. Schnell ergriff er seine Tasche und hängte sie sich um. Gleichzeitig erhob er sich hastig vom Bett. Sein Herz raste vor Angst. Kaum war er fähig, einen klaren Gedanken zu fassen. Übereilt stieß er das billige Bett um und schob es vor die Tür. Ansonsten gab es in dieser kleinen Absteige keine weiteren Möbel und Waffen besaß er nicht. Auf der anderen Seite der Zimmertür sah dies anders aus: Eine erste Axt krachte gegen die Tür.

Ittus hatte keine andere Wahl. Die einzige Fluchtmöglichkeit stellte das Fenster dar. Die Angst drohte ihn zu lähmen. Seine Sicht verschwamm, seine Hände zitterten, sein Körper stand kurz vor der Ohnmacht. Er versuchte sich zusammenzureißen. Nur halb bewusst griff er sich den dreibeinigen Schemel neben dem Fenster, stieß dabei die Waschschüssel herab und warf ihn durch die Scheibe. Glas klirrte. Zu spät fiel seinem nun fast tierischen Verstand ein, dass er das Fenster auch hätte öffnen können. Damit hielt er sich nun aber auch nicht mehr auf. Ein Blick durch die Öffnung offenbarte ihm, dass er sich noch immer im zweiten Stockwerk befand. Gegenüber ragte die Abfallrampe einer Metzgerei aus der Wand des Nachbarhauses. Sein Glück sollte es sein, in diesem Moment nicht mehr überlegen zu können. Denn gerade als er durch die Fensteröffnung kroch, krachte es mehrmals laut hinter ihm. Während Ittus hinüber zur Rampe sprang und schmerzhaft aufkam, wurden die Eindringlinge in seinem Zimmer von den Trümmern der Tür und dem Bett aufgehalten. Als der Rutsch die Rampe herab endlich von Abfällen gebremst und aufgefangen wurde, strömten sie oben in das Zimmer.

Ächzend richtete Ittus sich auf. Arme und Beine schmerzten nun fürchterlich, zerschnitten von Scherben, geprellt von der Landung, abgeschürft von dem Rutsch. Doch dafür blieb keine Zeit, humpelnd machte er sich von dannen, die Gasse entlang, über einen Hinterhof, eine weitere Gasse hindurch und immer so fort, bis ihn seine Füße nicht mehr weiter trugen und er meinte, endlich weit genug entfernt zu sein. Erst dann ließ er sich versteckt zwischen Kisten hinter einem Lagerhaus nieder. Mittlerweile war die Angst abgeklungen, sein Blut raste nicht mehr. Vielmehr verlangte sein ganzer Körper nur noch nach Ruhe. Doch diese konnte er sich vorerst nicht gönnen. Während er sich die Schnitte und Abschürfungen besah, verscheuchte er die Ratten um sich herum und dachte nach. Bald schon kam er zu dem Schluss, dass nur Munish ihm nun noch helfen könnte.

Es machte keinen Sinn, hier weiter zu warten. Jede verstrichene Stunde ließ den Morgen näherkommen. Nun, in der Nacht, wäre es einfacher für ihn. Vorsichtig richtete er sich wieder auf und stützte sich an der Wand ab, als ihm plötzlich schwindlig wurde. Nachdem dies nachgelassen hatte, stolperte er bis zu dem Durchgang zu seinem Versteck, den einige Kisten formten. Vorsichtig sah er um die Ecke herum auf den weiten Hof hinter dem Lagerhaus, auf welchem Kistenstapel einen Irrgarten formten. Immer noch war hier niemand zu sehen. Hoffentlich hatten sie seine Spur verloren. Doch erhellte auch kein Licht den Platz, schien kein Mond am Himmel. Und langsam kroch Nebel durch die Gassen der Stadt. Er musste sich hier irgendwo im Hafen befinden. Das gab ihm zumindest einen Anhaltspunkt, wo er nun hingehen müsse.

So gut es aufgrund der Schmerzen ging, schlich Ittus zum Ausgang dieses Lagerplatzes, der nun düster und Nebel verhangen wie ein Totenreich da lag. Eine morsche alte Tür in einem losen Bretterzaun war das Tor aus diesem Reich seiner kurzweiligen Sicherheit hinaus in den Hafen. Doch schon richteten sich ihm Unheil verheißend die Nackenhaare auf. Hastig blickte er sich um, doch war nichts zu sehen. Er rüttelte an der Tür, wollte diesen Platz so schnell wie nur möglich verlassen. Hinter sich etwas krachen hörend verfiel er in Panik. Ruckartig öffnete sich ihm schließlich die Tür. Schnell eilte er hindurch, ohne Vorsicht schloss er sie hinter sich. Die Schmerzen für einen Moment vergessend floh er in die Nacht. In seinem Rücken vermeinte er noch kurz Kinderlachen zu hören.

Dann war er in einem anderen Teil des Hafenviertels. Hier und da erleuchtete eine Laterne die breiteren Wege, doch blieb er in der Dunkelheit. Einsame Wanderer sah er auf der Hauptstraße, viele das Vergnügen suchend. Der Sinn für Freude, für die Fleischeslust, selbst für Gesellschaft war Ittus nun aber vergangen. Einmal vermeinte er eine Gruppe Gestalten, mit Äxten und Fackeln versehen, die Straße entlang polternd und Spaziergänger nach ihm ausfragend zu sehen. Der Nebel spielte ihm hier jedoch einen Streich; es war nur eine Bande Trinker dort. Ittus ging weiter und endlich kam er an das gesuchte Haus. Von hinten, aus dem Hof heraus näherte er sich ihm. Nicht eines der Fenster dort droben fand er erleuchtet. Umso besser für ihn. Das Fenster von Munishs Laden ging in diesen Hinterhof. Es war unverschlossen. Behutsam schob Ittus es auf und kriechend wie ein Wurm quälte er sich ob der Schmerzen dort hinein. Drinnen verblieb er eine Weile keuchend am Boden. Ob er dies alles überhaupt überstehen würde?

„*Munish – Munish! Wach auf! Jetzt wach auf!*" sprach Ittus immer wieder, immer drängender und rüttelte dabei am Bett des Gesuchten.

„*Was? - Wer?*" kam es von diesem, bevor sich sein Geist aus dem Traumreich löste, ab da aber war er schnell wach und griff nach dem Dolch an seinem Bette.

„*Munish! Ich bin es! Ittus! Du musst mir helfen!*" drängte jener weiter.

Nur langsam erkannte Munish so recht, wer da eigentlich vor ihm stand. Und trotz der seltsamen Umstände, trotz der plötzlichen Störung war er schon einiges von Ittus gewöhnt. Nach einer Weile fand er sich selber wieder, wie er aufstand und, weiterhin nur mit einem Nachthemd bekleidet, mit Ittus hinunter in den Laden ging. Im Geschäftsraum entzündeten sie nur eine Kerze, nach Ittus' Bitte, nicht zu sehr aufzufallen, und setzten sich an den Tisch.

„*Ittus, was willst du eigentlich hier?*" fragte Munish argwöhnisch und immer noch verschlafen.

„*Du musst mir helfen! Du musst mich retten! Sie sind hinter mir her!*" entfuhr es Ittus, der sich in den Tisch verkrallt hatte und immer wieder zum Straßenfenster sah, ob nicht jemand käme.

„*Langsam – du brichst hier einfach mitten in der Nacht ein und verlangst irgendwelche Sachen von mir. Ich muss gar nichts. Jetzt sag mir erst mal, worum es geht. Ich hatte mich so über Schlaf gefreut. Der Tag war so anstrengend gewesen. Also, wer sind sie? Und warum retten?"* sprach Munish, zwischendurch immer wieder gähnend.

„Ich weiß nicht wer sie sind. - Vielleicht geprellte Kundschaft. Oder die, denen ich meine Besuche abstattete. Du weißt schon. Ist doch egal. Was tut das zur Sache? Ich war draußen im Gasthaus, wo ich mich morgen mit einem Kunden treffen wollte, hatte mir ein Zimmer gemietet, war schon fast eingeschlafen, da hörte ich sie. Sie berieten sich, sie wollten mich töten. Doch ich war schneller! Ich konnte entkommen! Nun bin ich hier – du musst mich verstecken!" erzählte Ittus, mal drängend, mal flehend, doch stets mit Angst.

„Weißt du . . . - ich habe gehört, was du dir diesmal geleistet hast. Ich weiß, warum du dich an niemanden sonst wenden kannst. Diesmal bist du etwas zu weit gegangen. Doch ich werde dir helfen. Unserer – Freundschaft – wegen. Aber das wird teuer für dich", sprach Munish, der wusste, dass Ittus keine andere Wahl hatte.

Ittus dachte kaum darüber nach. Er besaß nicht viel. Doch verriet er Munish sein Versteck, was diesem genug wert war. So wurden sie sich einig. Anschließend überzeugte Munish den verängstigten Ittus, der nun jedem Retter vertraut hätte, dass eine sofortige Flucht nicht möglich war. Doch gäbe es jemanden, der Ittus unerkannt aus der Stadt bringen könnte. Nun sollte er sich erst einmal erholen; bis zur nächsten Nacht müssten sie noch warten. Hierauf entbrannte dann doch noch ein erneutes Gespräch, denn Ittus wollte so schnell wie möglich die Stadt verlassen. Schon glaubte er,

Schläge an der Haustür zu hören, doch Munish beruhigte ihn: Er würde ihn im Keller verstecken, wo keiner ihn finden könnte und früher wäre eine Abreise wirklich nicht möglich. Zögernd willigte Ittus ein, vertraute er doch auf Munish.

Und dieser Tat wie geheißen. Ittus hörte noch, wie sich die Falltür zum Keller über ihm schloss und das Kratzen und Schleifen von etwas Schwerem, das Munish darauf schob um den Eingang zu blockieren und zu verstecken, dann war er in völliger Finsternis allein. Nicht einmal ein Licht hatte Munish ihm mitgegeben. Es dauerte eine Weile, bis Ittus sich dort zurechtgefunden hatte. Der Boden war bloßer Lehm. Wasser troff von der Decke und verwandelte ihn in Schlamm. Einmal hörte Ittus eine Ratte quietschen. Kein Fenster bot Licht, doch er ertastete etwas, das sich wie ein Stoffhaufen anfühlte; Hort der Ruhe und Gemütlichkeit. Erschöpft fiel er drauf. Er bemerkte die Wanzen nicht, denn schnell war er eingeschlafen.

Ein Hämmern weckte ihn. Ein Hämmern, das nur von schlagenden Äxten stammen konnte. Gleichzeitig vernahm er Rufe, böse Rufe nach seinem Leben. Sie waren da, sie hatten ihn gefunden, sie brachen durch die Falltür. Entsetzt kroch er durch die schlammige Dunkelheit, doch gab es kein Entkommen. Er versteckte sich in der tiefsten Ecke dieser feuchten Dreckhöhle und erwartete voll tiefer Angst sein Ende. Und dann waren sie über ihm. Braune, gesichtslose Schlammwesen. Sie leuchteten schwach, Knochen steckten in ihrem schlammigen Körper, hier und da ragte ein Ast heraus. Sie ließen ihre Äxte auf ihn niederfahren. Nass vor Schweiß und Deckenwasser erwachte er. Schnell erkannte er das Verschwinden dieser

Nachtmahre des Traumes. Er war immer noch im Keller und allein. Wie spät es wohl war? Wann käme Munish wohl endlich? Seine Wunden schmerzten. Nun juckten sie auch noch.

Vielleicht nur wenige Augenblicke, vielleicht auch erst Stunden später vernahm er endlich, wie die Falltür von ihrer Last befreit und geöffnet wurde. Tageslicht fiel in den Keller. Es war nicht Nacht? Und wer kam da? Das war nicht Munish! Entsetzt erkannte Ittus zwei Wachmänner. Er leistete keinen Widerstand. Es gab keine Fluchtmöglichkeit mehr. Sie schleppten ihn hoch in den Laden. Männer und Frauen standen da, Wut und Hass verzerrten ihre Gesichter zu hässlichen Fratzen.

„Da! Da ist er! Tötet ihn", schrie eine Frau und viele Stimmen fielen ein, *„bringt ihn um! Wie er auch meine Kinder getötet hat!"*

Doch Ittus warf nur einen flehenden Blick hinüber zu Munish, der Abseits stand. Dieser schüttelte den Kopf.

„Diesmal bist du zu weit gegangen, kleiner Dieb. Du wirst nie wieder jemanden überfallen. Dafür wirst du hängen!" sprach einer der Wachmänner und wandte sich dann an Munish: *„Gut gemacht. Wir werden es diesmal vergessen, dass du seine Waren gekauft hast."*

Und ohne einen weiteren Blick für Ittus zu haben verließ Munish den Raum, während der Mörder von den Wachmännern vor der Rache seiner Opfer geschützt werden musste.

EIN BLUTIGES HOBBY

Hallo. Mein Name ist Peter Fröhlich. Zugeben, ein ziemlich unmoderner und allzu deutsch klingender Name, doch wie Sie sich vorstellen können, habe ich ihn mir nicht ausgesucht. Ich bin 32 Jahre alt und gehe keiner Beschäftigung nach die man als Job oder Arbeit bezeichnen könnte, dazu allerdings später mehr. Im Prinzip bin ich ein ganz normaler, unauffälliger Typ. Ich sehe nicht besonders gut aus, man ist aber auch nicht vom meinem Anblick angewidert, normal eben. Ich bin der Typ der neben Ihnen im Bus steht, der Kerl den Sie neben sich an der Ampel im Auto sitzen sehen, der Typ der hinter Ihnen an der Kasse steht, der Typ der Ihnen die Kehle durchschneidet. Habe ich bereits erwähnt dass ich Menschen töte? Es ist nicht so dass es meine Bestimmung ist, ich folge keiner inneren Stimme und ich habe auch keinen blinden Hass auf die Menschheit, es ist eher ein Hobby.

Andere Leute sammeln Briefmarken, gehen zu Fußballspielen und ich zeige anderen Menschen wie es sich anfühlt wenn eine scharfe Klinge sich in ihren Hals bohrt. Da es sich dabei um eine Erfahrung handelt, die man nicht jeden Tag macht, ist der Gesichtsausdruck meiner Opfer auch nicht schwer zu verstehen. Natürlich möchten sie sicher wissen warum ich tue, was ich tue. Nun, es ist einfach ein tolles Gefühl, ich kann es leider nicht anders beschreiben. Erinnern Sie sich daran wie sie früher die Sandburg eines anderen Kindes zerstört haben, einfach so. War das nicht toll. Einfach etwas sinnlos zerstören, etwas was jemand Anderes geschaffen hat, Zeit mit einer Kreation verbracht, stolz auf das ist, was er geschaffen hat und sie kommen einfach an und machen es kaputt. Einfach toll, dieses Gefühl. Es ist so toll dass es Leute gibt die damit Geschäfte machen. Sie stellen einen Vorschlaghammer, eine Schutzbrille und ein altes Auto zur Verfügung und dann kann man seiner blinden Zerstörungswut einfach freien Lauf lassen. Und genau dasselbe mache ich auch, nur ist das was ich zerstöre etwas viel wertvolleres als ein altes Auto, na gut, es ist etwas wertvolle!

Sie können mich immer noch nicht verstehen? Macht nichts, nicht jeder ist dazu in der Lage glaube ich. Es ist nicht so dass ich gewissenlos und gefühlskalt bin, aber ich mache mir nicht viel aus diesen Dingen. Ich bin fest davon überzeugt dass so etwas wie ein Gewissen nicht existiert. Es ist etwas was man uns gemeinsam mit dem Rechtsempfinden eingetrichtert hat, als wir noch Kinder waren. So wie der Ekel vor Spinnen. Wenn man ein Kind fernab von anderen Menschen groß werden lässt, dann wird es wie jedes andere Tier, ganz ohne Gewissen. Aber es macht den Anschein als wäre es gar nicht so schlecht, das viele Menschen ein Gewissen haben, sonst würde es viel zu viele von meiner Art geben und ich würde das Gefühl verlieren etwas besonderes zu sein. Apropos Gefühl. Gefühle die wir haben sind lediglich chemische Reaktionen die in unserem Gehirn erzeugt werden. Sicher ist Ihnen das bekannt, aber nutzen Sie dieses Wissen auch? Wollen Sie das Gefühl haben verliebt zu sein?

Dann essen Sie doch einfach mal eine Tafel Schokolade. Es sind dieselben chemischen Reaktionen in unserem Gehirn. Sicher es ist nicht ganz dasselbe, aber auch nur weil Sie es wissen. Wie blöd, nicht wahr, besonders für die Hersteller der Schokolade. Ach ja, das menschliche Bewusstsein ist schon faszinierend. Haben Sie schon mal einen Sextraum gehabt und dabei einen echten Orgasmus erlebt? Wir sind quasi in der Lage, selber das Gefühl von guten Sex und einem Orgasmus in unserem Gehirn zu erzeugen und unser Körper spielt ganz brav mit. Braves Hündchen, fein gemacht. Aber ich schweife gerade etwas ab. Ich werde heute Abend meinem Hobby nachkommen und Sie werden daran teil haben. Ich nehme Sie einfach mit.

Es ist jetzt Samstagabend und ich befinde mich schon auf dem Sprung. Alles was ich brauche sind meine Handschuhe und mein kleines Messer mit einer fünfzehn Zentimeter langen, scharfen Klinge.
Wo werden wir denn heute Nacht ein Opfer finden? An manchen Tagen setze ich mich einfach in eine S-Bahn, fahre in Berlin umher und schaue aus dem Fenster um nach Orten zu suchen, an dem ich meine Opfer mit meinem Messer bekannt machen kann. Neulich hatte ich einen dieser Orte gesehen und dieser wird unser Anlaufpunkt heute Nacht sein. Es ist ein kleiner Bahnhof an dem abends und nachts nicht viel los ist, bis auf ein paar Leute die von einer Party kommen oder von Freunden und sich von dort aus nach Hause bewegen wollen. Ich bevorzuge natürlich leichte Beute und Angetrunkene die sich alleine durch die Nacht bewegen sind oftmals mehr als das. Sie führen praktisch die Klinge meines Messers selber durch ihre Haut ins Fleisch.

Der Bahnhof ist leer, die S-Bahn, die momentan im zwanzig-Minuten-Takt fährt, ist gerade abgefahren. Wir gehen die Treppen hinunter in den kleinen Tunnel. Der Tunnel bietet zwei Ausgänge, einer führt zu einer Bushaltestelle und einem Imbiss mit einem Schreibfehler auf dem Plakat neben dem Eingang. „Döner schmeckt super, mit Soße spitze" lässt es uns wissen. Der andere Ausgang führt zu einem schmalen, schlecht beleuchteten Weg über dem eine S-Bahn-Brücke liegt. Der Weg führt direkt in ein Wohngebiet, beziehungsweise direkt daraus. Auf der linken Seite des Weges befinden sich Gebüsche und Sträucher, dahinter beginnt ein Abstellgleis für Züge. Der perfekte Ort um auf meine Beute zu warten. Wir wählen den linken Ausgang und ich stelle mich an die Wand der Brücke und zünde mir eine Zigarette an. Möchten Sie auch eine?

Zum Glück ist es nicht einer dieser kalten Nächte, an dem man sich fragt warum man mit sechs Pullovern und drei Jacken so blöd aussehen würde, wenn es doch die richtige Kleidung wäre um nicht zu frieren.

Eine kleine Gruppe lauter, betrunkener Jungendlich nähert sich uns. Nicht das worauf ich gewartet hatte. Ich bleib lässig stehen, blicke auf meine Uhr und versuche den Eindruck zu erwecken, ich würde auf jemanden warten. Im Prinzip tat ich es auch. Es ist jetzt schon um drei. Da es doch tatsächlich aufmerksame Menschen gibt, vermeide ich es zu lange an einer Stelle zu stehen und zu warten, doch die halbe Stunde die wir jetzt hier sind, verging quasi wie im Flug.

Ich weiß aus Erfahrung dass sich das Warten lohnt. Vorfreude ist doch die schönste Freude. Die zweite S-Bahn fährt davon und nimmt die kleine Gruppe Betrunkener mit. Jetzt sind wir wieder ganz allein. Ich bin ein wirklich sehr geduldiger Mensch und das klackern von Damenschuhen auf der Straße, sagt mir das die Belohnung für meine Geduld gerade auf dem Weg zu uns ist. Ich lausche noch kurz um festzustellen ob sie sich in Gesellschaft befindet und gehe dann zur anderen Seite an das Gebüsch.

Wenn man aus der Richtung meines Opfers kommt, ist es unmöglich mich zu sehen, da ich mich zwischen dem Brückenpfahl und den Gebüschen in einer Ecke verstecken konnte. Die Laternen hinter ihr, werfen den Schatten meines Opfers lange voraus und verraten mir das sie tatsächlich alleine war. Kurz vor der Brücke bleibt sie stehen, was von gesundem Menschenverstand zeugte. Jeder der in der Nacht alleine diesen Weg gehen muss, hat ein komisches Gefühl, das Gefühl was vom Verstand erzeugt wird und einem sagt wenn man mich überfallen wollen würde, dann wäre das hier der perfekte Ort dafür, also sollte ich ihn meiden.

Als erwachsener Mensch schüttelt man so was allerdings ab und geht den Weg allein aus der Notwendigkeit heraus natürlich trotzdem, man will ja nach Hause. Doch SIE wird dort nicht ankommen. Unsicher geht sie schnell weiter. Nun ist sie direkt neben mir. Ich springe ich aus meiner Ecke, greife nach ihrer rechten Schulter, zieh sie daran ein Stück zur Seite und stoße mein Messer mit der rechten Hand in ihren Hals. Mehr als ein gurgeln kann sie nicht mehr von sich geben. Ist ja auch schwer wenn das eigene Blut in die Lunge fließt.

Ich zehre sie in das Gebüsch und durch das Licht der gerade einfahrenden S-Bahn konnte gerade noch sehen wie das Leben aus ihren Augen verschwindet. Sie war eine durchaus attraktive Frau gewesen. Schlank, lockiges blondes Haar und unter dem Blut welches sie noch ausspuckt, liegt sicher ein hübsches Gesicht. Ihre Füße zucken noch etwas, dann . . . Stille. Ich höre mich selber noch etwas schwer atmen. Ihrer kleinen, schwarzen Handtasche widme ich nun meine ganze Aufmerksamkeit. Im Portmonee gibt es nicht viel Geld, aber ich finde dafür eine Geldkarte und einen kleinen Zettel mit vier Nummern darauf. 8685.

Ihr persönlicher Pin. Ich muss gestehen dass ich das Geld meiner Opfer immer gerne nehme, dadurch muss ich nicht arbeiten gehen und was sollen meine Opfer denn noch mit Geld. Es ist einfach eine nette Belohnung für meine Mühe, ein kleines Dankeschön meiner Opfer.

So, hat es Ihnen gefallen? Viel wichtiger für mich ist die Frage: Hatten Sie Mitleid mit ihr? Nein? Nun stellen Sie sich mal vor, sie hatte eine Familie, vielleicht sogar ein Kind. Irgendwo könnte jetzt ein kleiner Junge, ungefähr fünf, sechs Jahre alt, zu seinem Vater gehen, der nervös im Wohnzimmer auf dem Sessel auf und ab rutscht und versucht seine Frau auf dem Handy zu erreichen und ihn fragen, wann denn endlich Mama nach Hause kommt.

Vielleicht hatte sie auch eine Tochter, die dann in ein paar Wochen in einem hübschen, schwarzen Kleid das erste Mal in ihrem Leben auf einem Friedhof sein wird, weinend am Grab stehend, weil Mama niemals wieder kommen wird. Möglicherweise hatte sie keine Kinder, sondern hat sich um ihre todkranke Mutter gekümmert und nur an diesen einen Abend ist zu Freuden gegangen ist um sich zu entspannen und Abstand von ihrem schwierigen Leben zunehmen. Falls dem so war, dann hat sie diesen Abstand gewonnen. Wie sieht es jetzt aus? Sind Sie jetzt traurig? Meiner Erfahrung nach denken Menschen wie Sie nicht weit genug und ignorieren zusammenhänge. Bis gerade eben war diese junge Frau nur irgendeine junge Frau, doch das sie eine Tochter, Enkelin, Mutter, Schwester und Ehefrau oder Freundin von jemanden war, war Ihnen sicher noch nicht bewusst. Ganz ehrlich, haben Sie soweit gedacht? Eher nicht, oder.

So, bevor man uns hier erwischt und mich bei der Ausübung meines Hobbys stört, verschwinden wir lieber und lassen die zerstörte Sandburg hier im Gebüsch liegen. Irgendjemand wird sie dann am Morgen finden, und die Polizei alarmieren. Nur ein weiterer Raubmord.

Die paar kleinen Bluttropfen auf meiner Jacke sind leider nicht wirklich unauffällig, also ziehe ich sie aus und trage sie unter dem Arm, natürlich so, dass die Blutflecken auf dem schwarzen Leder weder zu sehen sind, noch meine Klamotten besudeln könnten.

Es wäre fahrlässig wenn ich jetzt wieder zum Bahnsteig hochgehe, also gehen wir am Wohngebiet vorbei und hinter den Abstellgleisen zum nächsten Bahnhof. Mit etwas Glück finden wir einen Geldautomaten und können dort etwas Geld abheben.

Nach kurzer Zeit landen wir auf einer dunklen Straße und bisher waren wir ganz alleine, doch ungefähr zwanzig Meter vor uns läuft ein Mann. Er scheint weder besonders groß, noch besonders kräftig zu sein, dafür sieht es so aus als ob sein Sinn für das Gleichgewicht etwas unter Alkohol gelitten hätte, denn er stolpert geradezu die Straße hinunter und es wirkt so als ob er versucht die breite der Straße zu ermitteln indem er von links nach rechts wankt.

Bei meinen Opfern spielt das Geschlecht keine Rolle, ich will ja kein Sex mit ihnen haben, sondern ich möchte etwas Schöneres mit ihnen erleben. Nur Kinder kann ich nicht töten, ich weiß nicht warum, es scheint einfach falsch zu sein. Zudem habe ich ja bereits erwähnt dass ich ein geduldiger Mensch bin, also kann ich auch warten bis sie erwachsen sind. Ansonsten spielt es keine Rolle ob es Männlein oder Weiblein ist, beide haben etwas was für und gegen sie spricht. Frauen neigen dazu zu schreien, wenn man nicht schnell genug ist, dafür haben sie so gut wie keine Kraft um sich zu wehren. Männer hingegen schreien eher selten, doch sie haben manchmal die blöde Angewohnheit sich zu wehren und das ist wirklich nicht nett, schließlich störe ich sie ja auch nicht bei ihren Hobbys.

Bis zum nächsten Bahnhof sind es ungefähr noch fünfzehn Minuten Fußweg, ich habe also noch genug Zeit bis wir an einem gut beleuchteten Ort mit vielen Zeugen kommen. Auf der linken Seite der Straße geht es ein Stück abwärts zu den Bahngleisen. Man würde ihn also auch erst am Morgen finden.

Was sagen Sie? Wollen wir noch ein Leben zerstören? Ganz schnell? Der einigste Nachteil der sich daraus ergeben würde, wäre der, das wir noch etwas länger durch die Nacht laufen müssten, noch einen Bahnhof weiter, was bedeuten würde das wir erst in etwas über einer Stunde zu Hause wären. Außerdem ist es hier etwas riskanter, denn auf der linken Straßenseite sind Wohnhäuser und jeder der zum falschen Zeitpunkt aus dem Fenster sehen würde, würde mich beobachten können.

Also, jetzt sind Sie im Bilde. Was sollen wir tun?
Ich gehe ein bisschen schneller bis ich nur ein paar Schritte hinter ihm bin. Meine Jacke habe ich bereits wieder angezogen, genau wie meine schwarzen Lederhandschuhe, keine Sorge, es ist nur Kunstleder.

In meiner rechten Hand halte ich das Messer fest mit meinen Fingern umschlungen und das Leder meines Handschuhs gibt ein leises quietschen von sich. Der junge Mann realisiert das neben seinem Schatten plötzlich ein anderer, größerer Schatten aufgetaucht ist. Ich denke er hätte sich normalerweise umgedreht um zu sehen wem dieser Schatten gehört, doch Alkohol tötet „normalerweise".

Ich hole mit dem rechten Arm etwas Schwung und ramme mein Messer tief in seinen Hals, es bleibt kurz stecken, also reiße ich daran etwas hin und her bevor es an der Vorderseite seines Halses wieder austritt. Der Kopf des jungen Mannes klappt leicht nach hinten und ein gewaltiger Blutschwall ergießt sich über die Straße. So etwas will ich nun wirklich nicht sehen. Locker und ohne Mühe stoße ich ihn mit dem linken Arm nach rechts den Abhang hinunter.

Toll, das ging schnell, einfach und bis auf meinen rechten Handschuh, bin ich von diesem roten Zeug verschont geblieben. Normalerweise ist es ein wirklich dreckiges Hobby, aber ich freue mich über jedes Mal, wenn ich sauber aus der Sache rauskomme.

Nun sollten wir etwas schneller gehen, meine Handschuhe stecke ich in die Jackentasche und meine Jacke klemme ich wieder unter den Arm. Ab nach Hause.

Guten Morgen, es ist bereits um elf, aber da ich erst seit ungefähr einer halben Stunde wach bin, lasse ich es mir nicht nehmen Sie mit einem "guten Morgen" zu grüßen.

Die Erlebnisse der letzten Nacht brachten mir wundervolle Träume in denen ich das Erlebte erneut durchspielen konnte. Übrigens hatte ich letzte Nacht tatsächlich noch einen Geldautomaten gefunden der nicht von einer Kamera überwacht wurde. Solche Automaten zu finden ist wirklich nicht ganz einfach, jedoch ist Deutschland ja kein Überwachungsstaat und so werden wir auf jede Kamera mit kleinen Aufklebern aufmerksam gemacht. Dieser Geldautomat wird Kameraüberwacht. Solch ein Aufkleber war auf dem Geldautomaten nicht zu sehen und somit konnte ich ruhigen Gewissens mit Hilfe von 8685 und der EC-Karte von Jennifer etwas Geld abheben. Da es gerade Anfang April ist, war es natürlich nicht wenig Geld, sie hatte wohl gerade ihr Gehalt bekommen oder sie hatte geerbt. Jedenfalls brauchte ich mir keine Vorwürfe zu machen, weil ich nicht nachgesehen hatte, was der junge Mann so bei sich hatte.

Übrigens weiß ich das das meine erste Sandburg der letzten Nacht Jennifer heißt, oder sollte ich besser sagen hieß, weil es auf der EC-Karte stand die ich letzte Nacht noch in kleine Stücke zerbrochen und dann verbrannt habe. Jennifer Keim oder Kein hieß sie, ich konnte es im Dunkeln nicht so gut erkennen.

Ach Jennifer, danke für die tolle Nacht. Wie haben Sie die Geschehnisse verarbeitet? Hassen Sie mich jetzt oder entwickeln Sie gerade eine gewisse Sympathie für mich? Das wäre aber nicht richtig, das wissen Sie doch. Das wäre unrecht.
Ich erzähle Ihnen mal wie das alles anfangen hat. Ich war nicht mein ganzes Leben lang so wie ich jetzt bin, ich hatte als Baby nie versucht ein anderes Kind mit meiner Rassel zu erschlagen. Es fing alles vor ungefähr zwei Jahren an. Ich war auf dem Weg nach Hause von einer kleinen Party mit Freuden als mich ein älterer Mann versuchte zu Überfallen. Er sagte mir er wolle mir nicht weh tun, er will nur mein Geld. Und so standen wir beide alleine in der Nacht.

Er hielt ein kleines Messer mit einer fünfzehn Zentimeter langen Klinge in der Hand und wir standen uns gegenüber. Es schien als ob die Zeit sich weder vorwärts noch rückwärts bewegen wollen würde. Der alte, faltige Mann mit dem grauen Dreitagebart schien verwundert über meine Reaktion, denn ich reagierte gar nicht. Er wiederholte seine Forderung nach meinem Geld, doch ich bewegte mich nicht. Es war nicht die Angst die mich bewegungsunfähig macht, sonder der Film der in meinem Kopf ablief.

Ich sah wie das Messer in seinem Hals steckte und der alte Mann taumelte und umfiel. Zum dritten Mal bat er mich um mein Geld und riss mich damit aus dem Film mit den schönen Bildern. Ich wollte nur noch dass mein Film zur Realität wird. Ich wollte einfach nur sehen wie tief ich sein Messer in seinen Hals stecken konnte. Neugierig war ich schon immer. Mit meiner plötzlichen Bewegung hatte ich ihn wohl etwas erschrocken, als ich nach seinem Arm griff, ihm das Messer entwendete, mit der linken Hand seinen Hinterkopf festhielt und mit dem Messer, welches sich nun in meiner rechten Hand befand, in den Hals stach. Während er beim Sterben versuchte zu verstehen was jetzt für ihn alles schief gelaufen war, schaute ich ihm in seine grünen Augen, voller Verzweiflung und Angst. Für mich war das ein Rausch. Bislang hatte ich immer in meinem Leben nach etwas gesucht, das mich erfüllt und da war es, in den grünen, toten Augen des alten Mannes.

Ich nahm das Messer und ging nach Hause. Dort verbrachte ich dann zwei Wochen damit auf die Polizei zu warten. Ich dachte es würde jeden Moment an der Tür klopfen, aber es kam niemand. Der alte Mann war wohl so unbedeutend das über seinen Tod nicht mal in der Zeitung oder im Internet berichtet wurde. Die einigste Konsequenz dich daraus zog, war das Wissen um die Erfüllung die man erlebt wenn man jemanden umbringt. Mord ist eine so coole Sache.

Insgeheim träume ich von einem Vergnügungspark für Familien, so richtig mit Wasserrutschen, Achterbahn, Zuckerwatte und einem Zelt in dem man Leute abschlachten kann. Vielleicht ein paar Obdachlose, vom Staat zur Verfügung gestellt, man kann sich dann eine Waffe auswählen und den Obdachlosen dann einfach umbringen, foltern, ganz wie es einem gefällt. Ich bin mir sicher die Kleinen hätten Spaß an den Schmerzensschreie ihrer Opfer. Hereinspaziert, hereinspaziert. Fahren Sie mit unserer riesigen Achterbahn, gruseln Sie sich im Haus des Terrors und schlachten Sie einen Obdachlosen. Alle Organe die herausfallen dürfen gerne mit nach Hause genommen werden als Souvenir.

Hatte ich erwähnt das ich kein Menschenfeind bin, ich glaube das ist ein guter Moment um das noch einmal zu betonen. Heute morgen nach dem Aufstehen, habe ich mich allererstes an meinen PC gesetzt und herauszufinden, ob unsere Erlebnisse der letzten Nacht eine gewisse mediale Aufmerksamkeit auf sich gezogen haben. Natürlich taten sie es nicht, wie in den meisten Fällen. Im Monat komme ich auf etwa fünf bis zehn Sandburgen und das Ganze geht schon seit zwei Jahren so. Soweit ich weiß wurden jetzt schon zwei Männer verhaftet die erwischt wurden beim Morden und denen hat man dann meine Taten in die Schuhe geschoben. Somit war ich immer fein raus. Ein Hobby wie meins erfordert einen gewissen IQ und wenn man diesen nicht vorweisen kann, dann muss man sich nicht darüber wundern wenn man von den grünen Männchen geholt wird.

Ich bin nicht naiv und weiß dass es irgendwann enden muss, obwohl ich mir noch im Unklaren darüber bin, wie es enden soll. Mein Verlangen danach zu zerstören ist im Moment einfach zu groß, als das ich einfach aufhören könnte, hinter Gittern möchte ich aber mein Dasein auch nicht fristen. Zumal meine Vorstellung vom Gefängnis der entspricht, die man im Fernsehen sieht. Urlaub in vier Wänden mit nächtlichen homoerotischen Abenteuern. Danke, nett gemeint, aber lieber nicht.

Die letzte vorstellbare Alternative wäre natürlich der Tod, doch ich hänge an meinem Leben und würde es gerne weiter so führen, wie ich es tue. Meiner Meinung nach besteht keine Notwendigkeit mein Leben zu ändern, also werde ich sehen müssen was die Zeit so mit sich bringt. Ich bemühe mich wirklich sehr mir darüber keine allzu großen Sorgen zu machen, denn jemand wirklich Weises sagte mal zu mir erstens kommt es immer anders und zweitens als man denkt. Ich möchte nicht behaupten dass diese Floskel als Lebensweisheit etwas taugen würde, aber es hilft.

Nun werde ich Sie verlassen. Ich hoffe der Abschied von mir fällt Ihnen nicht ganz so schwer und ich würde mich freuen wenn Sie etwas aus unseren gemeinsamen Erlebnissen für Ihren Lebensweg mitnehmen.

Schauen Sie sich doch das nächste Mal den Mann im Auto neben Ihnen oder den Mann gegenüber von Ihnen in der S-Bahn genauer an. Wenn er Sie angrinst, dann bin ich es vielleicht und stelle mir gerade vor wie das Ende meines Messers aus Ihrem Hals raushängt.

Vielleicht lade ich Sie auch mal wieder ein mich zu begleiten oder mein Opfer zu sein.

Vergessen Sie nicht auf Ihre Instinkte zu hören. In diesem Sinne . . . Bis bald.

DER HOTEL-ZIMMERGEIST

Der Mann, der aus dem New Yorker Busbahnhof um 03:00 Uhr früh herauskam, sah überhaupt nicht gut aus. Der Blick abwesend, die Haare verklebt, das Hemd und die schwarze Jeans zerknittert und verschwitzt, als hätte er mehr als nur eine lange Busreise hinter sich. Seine Bewegungen waren zuckend und verlangsamt. Mit jedem Schritt setzte er die Füße vorsichtig auf den Boden, als ob er erst dessen Festigkeit prüfen wollte.

Einige Fahrgäste warfen ihm einen kurzen Blick nach, das war alles. Es war New York. In dieser Stadt würde nicht mal einer mit zwei Köpfen und drei Beinen auffallen.

Über der Stadt lag eine schwül warme Julinacht, und der Broadway war voller Menschen wie immer. Der Fremde ignorierte die Straßenhändler, die ihm vor hellbeleuchteten Schaufenstern irgendwelche Ware andrehen wollten, kümmerte sich nicht um die zwei Schwarzen, die ihm „Motherfucker" nachzischten und bog erst in die 46. Straße nach links ein. Er ging auf den Eingang zu, der von der großen Neonschrift „HOTEL MAXWELL" beleuchtet wurde, und trat ein.

Ein alter Schwarzer hinter der verglasten und vergitterten Rezeption hob den Kopf von seinem Comic-Heft und sah sich den Gast gelangweilt an.

„Ein Zimmer", sagte der Neuangekommene mit leiser rauchiger Stimme.

„Oh ja, ein Zimmer" antwortete der Portier und rasselte mit dem Schlüssel, „Nummer 613 im sechsten Stock, dreißig Dollar, bitte gleich. Wie lange wollen sie bleiben?"

Der Mann sagte nichts, holte aus der Jeanstasche ein Geldbündel heraus und trennte mit dem Daumen drei Zehner ab, nahm den Zimmerschlüssel an sich und wandte sich dem Aufzug zu. Der Portier beugte sich heraus und heftete gierig seinen Blick auf die Hosentasche des Mannes, wo das Geldbündel verschwunden war. Er rief ihm nach: „Hey Mister, brauchen Sie vielleicht noch was: Koks, Snack, Crack, Gras oder Bier?", aber der Gast trat schon in den Aufzug und drückte den 6. Stock.

In der Ecke der Fahrstuhlzelle hockte auf dem Boden ein junges dunkelhäutiges Mädchen in einem engen roten schulterfreien Sommerkleid und drehte sich mit vor Anstrengung zitternden Fingern einen Joint. Das kurze Kleid war ihr hochgerutscht, sodass man feststellen konnte, dass sie rote Höschen mit Spitze trug, die zu dem Kleid passten. Sie nahm keine Notiz davon, dass noch jemand in dem Aufzug stand. Erst im 6. Stock, als der Mann ausstieg, erwachte sie, und während sich die Aufzugstür wieder zu schließen begann, schmetterte sie ihm nach: „Hey Mister, wollen sie Sex? Nur fünfzig Bucks." Aber er hatte sich nicht mal umgedreht. Wahrscheinlich fuhr die Kleine schon die halbe Nacht durch mit dem Lift rauf und runter, ohne davon was zu merken. Vielleicht wohnte sie da.

Zimmer 613 lag am äußersten Ende des spärlich beleuchteten Korridors. Aus einem Zimmer, dessen Tür weit offen stand, klang schrillend Radiomusik. Als er vorbei ging, sah er einen Chinesen in Kulimütze, der sich auf einem kleinen Kocher eine Hühnernudelsuppe kochte und ihn mit strahlendem Grinsen und einem Kopfnicken grüßte. Und das mitten in der Nacht. Aber New York war seiner Nächte schon längst beraubt.

Das Zimmer sah genauso aus, wie die meisten Hotelzimmer dieser Preisklasse in Manhattan. Alte dunkelrote Tapeten aus der Zeit, als noch Elvis Presley lebte, an mehreren Stellen durchgescheuert, so dass man sich an Vorkriegstapetenmustern erfreuen konnte. Breites Bett aus dunklem Holz, der Tisch mit Stehlampe in nicht identifizierbarem Design; Stuhl, Kofferablage, Schrank mit einigen Kleiderbügeln und fehlender linker Schranktür.

Die Luft im Raum war heiß und stickig. Eine Klimaanlage war nicht vorhanden. Er öffnete das Fenster und schaltete den vierflügeligen Deckenventilator ein. Lärm aus dem brodelnden Broadway drang hoch, und man konnte auf ihn hinunterblicken, wenn man sich nur weit genug aus dem Fenster hinauslehnte. Das tat der Mann aber nicht. Er streifte die Stiefel und alle seine Kleidung ab und warf sich aufs Bett. Nach fünfzig Stunden, die er in Bussen auf der Route von L.A. nach N.Y.C. verbrachte, wollte er nichts anderes, als schlafen.

Der Schlaf kam aber nicht. In seinem Gehirn projizierten sich die Bilder von den Geschehnissen der letzten Monate.

Der Mann hieß Tom Grant und war erst vor kurzem Dreiunddreißig geworden. Er wohnte in einem Vorort von L.A. und verdiente sein Geld mit einem eigenen Truck, den er sich von einem Bankkredit gekauft hatte. Die Geschäfte gingen gut, er wohnte in einem schönen Haus mit einer netten Freundin und war mit dem Leben ganz zufrieden. Aber dann kam die Pechsträhne. Auf einer Nachtfahrt wurde er von einem anderen Truck an eine unübersichtliche Stelle überholt und als aus dem Gegenverkehr die Lichter auftauchten, reihte sich der Überholende Truck frühzeitig in die rechte Spur ein, so dass die Hinterachse des Anhängers die Toms Fahrerkabine rammte und der linke Vorderreifen platzte. Tom konnte seinen Truck nicht mehr halten. Er scherte aus, fiel die Böschung runter und überschlug sich mehrere Male. Von dem Laster und der Ladung blieb nicht viel übrig. Er fuhr Rinder für den Schlachthof in Tucson, die jetzt zwischen den Trümmer tot oder mit gebrochenen Knochen in großen Blutlachen lagen und verzweifelt muhten. Tom kam mit einer schwerer Gehirnerschütterung und einigen Rippenbrüchen ins Krankenhaus. Als er nach zwei Wochen entlassen wurde, traf ihn der nächste Hammerschlag. Die Versicherung zahlte zwar für die Ladung, wollte aber den Totalschaden für seinen Truck nicht decken, mit der Begründung, er sei hinter dem Lenkrad eingeschlafen. Der Zuglaster, der den Unfall verschuldete, wurde nicht gefunden.

Tom warf die Flinte nicht ins Korn. Kurzerhand lieh er sich von Kredithaien dreißigtausend Dollar und kaufte einen gebrauchten Truck. Er hatte ihn nicht lange, denn kaum zwei Stunden später wurde der Laster aus einem Parkplatz von zwei Jugendlichen gestohlen. Die Polizei fand ihn fünfzig Meilen weiter um einen Felsen gewickelt samt den beiden Toten. Die Versicherung-Police hätte er erst am nächsten Tag an der Ostküste unterschreiben können, weil die hiesigen Agenturen ihn nicht versichern wollten.

Für Tom brach die Welt zusammen. Er fand zwar sofort einen Job als Fahrer, aber er verdiente wesentlich weniger als mit dem eigenen Lastzug. Bald wurde sein Haus von der Bank gepfändet, und auch die Freundin lief ihm weg. Fast der ganze Lohn wurde von den Kreditrückzahlungen gefressen, sodass er sich außer einem kleinen schmutzigen Zimmer nichts mehr leisten konnte. Immer wieder fragte er sich, warum ausgerechnet er in so eine Scheiße treten musste und verfiel in eine tiefe Depression. Das Leben war für ihn nicht mehr lebenswert.

Eines Tages, als er nach Hause ging, erwarteten ihn zwei Schläger. Er hatte sich mit der Rate an die Kredithaie verspätet. Die Bälger schlugen ihn brutal zusammen, und als er sich losriss und wegrannte, jagten sie ihm zwei Kugeln nach, die glücklicherweise vorbeisausten.

Tom ließ sich mit einem Taxi an den Stadtrand bringen und stieg in den nächstbesten Bus ein.

Drei Tage war er durch die Staaten geirrt. Irgendwo unterwegs hatte er sich ein paar Speedpillen von Bahnhofsdealern besorgt. Die ganze Reise kam ihm wie ein einziger langer Alptraum vor. Und so erreichte er New York, seelisch und physisch kaum mehr als ein Wrack. Er fühlte sich wie eine ausgesaugte und zertretene Cola-Dose.

Tom stemmte sich aus dem Bett und lief nackt, wie er war, im Zimmer hin und her. Am Fenster blieb er stehen und drückte seine schweißüberströmte Stirn gegen die Glasscheibe. Er wollte das Fenster ganz hochschieben, aber es ging nicht. So zerrte er kräftiger an dem Riegel und überlegte dabei, wie lange es wohl dauern würde, bis sein Körper auf dem Bordstein aufprallte. Ob er auch den Ablauf seines ganzen Lebens während des Falls zu sehen bekäme?

Plötzlich verdunkelte sich die Scheibe. Wie in einem Spiegel sah er, dass noch jemand im Zimmer war. Erschrocken drehte er sich um und sah zwei junge langhaarige Burschen auf dem Bett sitzen. Sie waren offensichtlich gut gelaunt und tranken abwechselnd aus einer Whiskeyflasche. Auf dem Bett lag eine dunkle Plastiktüte, aus der Bündelweise Geldscheine rausschauten, und auch ein Colt lag daneben. Plötzlich wurde die Zimmertür mit einem gewaltigen Krach gesprengt und mehrere gedrungene Gestalten in Polizeiuniformen pressten sich herein. Einer der Jungen griff sofort nach seiner Waffe und feuerte los. Er wurde von mehreren Schüssen durchlöchert. Der andere sprang mit der Tüte in der Hand übers Bett und rannte zum Fenster. Auch er wurde getroffen. Die Wucht der Schüsse aus den großkalibrigen Gewehren jagte seinen Körper durch das Glas, und er fiel über das Geländer der Feuerleiter in die Tiefe.

Das Bild verschwand, aber in Toms Ohren klangen noch die Schreie, die Schüsse und das Klirren des Glases eine Weile nach.

Er war ziemlich verwirrt und fragte sich, ob ihn diese Wahnsinnsvorstellung seine Übermüdung und die Drogen lieferten? Er ging ins Bad, um sich Wasser ins Gesicht zu spritzen. Er stützte sich mit den Händen ans Waschbecken, schaute in den Spiegel und erschrak. Das Gesicht, das ihn dort anstarrte, war nicht seines. Er sah einen jungen Typen um die fünfundzwanzig, glatt rasiert, mit kurzem modischen Haarschnitt, Brille und einem vom Schmerz verzerrten Ausdruck. Auch sein Gegenüber hielt sich mit beiden Händen am blutbeschmierten Waschbecken fest. Das Blut pulsierte aus den aufgeschnittenen Pulsadern.

Der Mann im Spiegel arbeitete als Brocker an der Wall Street und verdiente gutes Geld. Er hatte sich für eine Million ein Luxusapartment gekauft und lebte auf großen Fuß. Dann hatte er einige

Verluste erlitten, und als er das Geld seiner Kunden risikoreich einsetzte, um die Verluste wieder wettzumachen, ging alles in die Hosen. Er veruntreute mehrere Millionen. Dafür wurde er auf Lebenszeit von der Börse ausgeschlossen, und morgen sollte er eine mehrjährige Gefängnisstrafe antreten. Er wusste, er hatte alles verloren. Bald werde er zusammenbrechen und auf dem alten schwarz-weiß gefliesten Boden verbluten.

Tom schloss krampfhaft die Augen. Als er sie wieder öffnete, guckte ihn aus dem Spiegel sein eigenes ermüdetes und bartstoppeliges Gesicht an. Er flüchtete aus Badezimmer und setzte sich aufs Bett. Mit seiner rechten Hand glitt er gedankenlos über ein paar Kerben hin und her, die in die hölzerne Bettkante eingeritzt waren.

Und schon wieder wurde er auf diese mysteriöse Bahn geworfen, die ihm folgendes Bild lieferte: Auf dem Bett lag ein schönes splitternacktes Mädchen, das an den Händen und Füßen an den Bettrahmen gefesselt war. Über sie beugte sich ein dürrer, hagerer, wild aussehender Mann, der mit einem glänzenden Rasiermesser ihre Schamhaare sorgfältig rasierte. Anschließend scherte er auch ihre langen lockigen Haare ab und kümmerte sich überhaupt nicht um das verzweifelte Gejammer des Mädchens. Aus dem kleinen Köfferchen, das auf dem Stuhl neben dem Bett lag, holte der Mann eine Tätowiernadel und fing an, die sich schlängelnde Schöne auf dem linken großen Zeh zu tätowieren. Gepeinigte schrie laut vor Schmerz und zerrte verzweifelt an den Fesseln. Der Kerl zog die Stricke noch fester an und stopfte ihr einen Knebel in den Mund. Er arbeitete verbissen an einem komplizierten Muster einer Schlange, die sich um den ganzen Körper des Mädchens schlängelte. Der Künstler verbrachte die ganze Woche an seinem Werk.

Er fütterte und pflegte das Mädchen wie eine Krankenschwester und merkte nicht, dass sie vor Schmerz, Demütigung und Verzweiflung halb wahnsinnig wurde. Am siebenten Tag vollendete er, ganz entkräftet sein Werk mit dem Satz: „So, jetzt gehörst du nur mir, auf immer und ewig, meine Liebste!", und schlief tief neben ihr ein.

Das Mädchen schaffte es, sich aus den Fesseln zu befreien und kroch ins Bad. Als sie im Spiegel ihren kahlgeschorenen Kopf sah, wo der fürchterliche Schlangenkopf mit weit aufgerissenem Maul und scharfen Zähnen, die auf den Stirnseiten bis zum Augenbrauen reichten und der langen Zunge, die über das rechte Auge, die Nase, quer über die Lippen bis zu Kinn tätowiert war, gab sie nur tierische Laute von sich. Sie schlüpfte leise in ihr kurzes Sommerkleid und schlich barfuß auf die Straße. Dort kaufte sie von einem Waffenhändler einen alten geladenen Browning und kehrte ins Hotelzimmer zurück.

Als sie die Tür öffnete, stand ihr Peiniger mit ausgebreiteten Armen und einem glücklichen Lächeln da und trat ihr entgegen. Sie entleerte das ganze Magazin in seine Brust und sprang aus dem Fenster hinaus.

Tom schauderte zusammen. Allerdings hatte er langsam von diesen Horrorvisionen genug.

Jedoch im nächsten Moment schaltete sich die Tischlampe an: Hinter dem Tisch saß ein gutgekleideter, etwa fünfundvierzigjähriger Mann, der aufmerksam einige Prospekte studierte, die vor ihm ausgebreitet lagen. Sein Haar war schneeweiß. Er kam aus einer Kleinstadt in der Nähe von Boston, wo er allein in seinem Haus lebte und einen Elektroladen betrieb. Plötzlich krümmte er sich zusammen und fasste sich mit einem Schmerzensschrei mit beiden Händen an seinem Bauch. Aus einer kleinen Glastube entnahm er zwei rote Pillen, schluckte sie und spülte mit Wasser nach.

Der Mann war schwer krank. Erst vor kurzer Zeit hatte er von seinem Arzt erfahren, dass seine ganze Bauchhöhle vom Krebs durch gewuchert war und er nur noch einige Wochen zu leben hätte. Die Prospekte, die er las, waren die der Firma KRIPTONIKUM. Bei diesem Unternehmen konnten sich unheilbar erkrankte Leute einfrieren und sich ins nächste Jahrhundert befördern. Es kostete genau eine Viertelmillion Dollar. Der Mann überlegte fieberhaft; wenn er sein Haus und das Geschäft verkaufte, würde das Geld reichen. Er hatte seine Entscheidung getroffen!

Das Bild verschwamm. Tom setzte sich auf den Stuhl und dachte über das harte Schicksal des Mannes nach. Er fing an, alle die schweren Schicksale der Personen aus den Geschichten, die an ihm in den letzten Stunden vorbei defiliert waren, mit der eigenen Misere zu vergleichen. Langsam wurde ihm klar, dass seine Probleme gegenüber den anderen nur lächerlich und bedeutungslos waren. Das Leben war plötzlich für ihn wieder lebenswert. Er begann neue Pläne zu schmieden. Gleich morgen werde er einige hiesige Transportunternehmer anrufen. Für einen erfahrenen Truckfahrer fände sich sicher ein Job. Aber vorher wollte er ein paar Runden in Central Park joggen. Vielleicht ließe sich eine nette Joggerin zum Kaffee einladen. Wer weiß . . . ?

Der Mann fand endlich seinen Schlaf. Seine Sorgenfalten glätteten sich, und seine Lippen hatten ein entspanntes, zufriedenes Lächeln gewonnen.

Auch der Zimmergeist, der seit hundertachtzig Jahren in einem tiefen Einschussloch in der Decke wohnte, war zufrieden. Er konnte endlich was Erfreuliches für einen seine Gäste tun, und das bekam ihm gut.

GANZ ALLEINE

Da stand Jessy nun, ganz alleine, im Dunkeln. Keine Menschenseele war da, und trotzdem fühlte sie sich beobachtet.

Seit Stunden sitzt sie nun in der Eingangshalle und wartete auf ihren verspäteten Zug.

„Wann kommt endlich dieser verdammte Zug?", fragte sie sich.

Sie stand auf und ging zum Infoschalter.

„Wann kommt denn mein Zug?", fragte sie die Frau hinter dem Schalter.

Die Frau antwortete nicht.

„Hallo"

Jetzt wurde Jessy ungeduldig.

Die Frau sah aus als ob sie tot wäre.

Denn sie war blass, ihre Augen waren auf und die Pupillen schwarz und geweitet.

Gruselig, dachte sich Jessy. Kurz darauf wollte sie nach draußen gehen um zu rauchen und schaute dabei auf ihre Uhr. Es ist schon mittlerweile 23:00 Uhr.

Jessy war nun schon seit vier Stunden im Grand Central Terminal.

Eigentlich wäre sie schon längst nach Hause gefahren, aber sie wollte ihre Eltern während der Osterferien besuchen.

Draußen steckte sie sich ihre Zigarette an. Sie wollte eigentlich schon vor Monaten aufhören zu rauchen. Aber in letzter Zeit hatte sie viel Stress.

Sie hatte sich von ihrem Freund getrennt und ihren Führerschein verloren, weil sie betrunken am Steuer saß.

Sie blickte nun die Straßen entlang.

Komischerweise war keine Menschseele zu sehen.

Es parkte nicht mal ein Auto auf dem Parkplatz.

Ihr Blick blieb an der Statue die vor dem Bahnhof stand gefesselt.

Denn es kam ihr vor als würde die Statue sie beobachten. Bei dem Gedanken lief es ihr Eiskalt den Rücken runter. Sie nahm einen letzten Zug von der Zigarette, warf sie auf den Boden und trat sie aus. Plötzlich merkte sie wie ein roter Punkt auf dem Boden auftauchte.

Er huschte den Boden entlang, ihren Körper hoch und hielt an der Stirn inne.

Jessy ging einen Schritt zurück und fiel auf den Boden.

Gerade in dem Moment als sie hinfiel, zersprang die Scheibe der Eingangstür hinter ihr.

Der Schuss hatte sie knapp verfehlt.

Sie stand schnell auf und rannte durch die Tür, in die Eingangshalle, in der Hoffnung in Sicherheit zu sein.

Sie sprang hinter dem Infoschalter und kauerte auf dem Boden um sich zu verstecken.

Komischerweise hat sich die Frau am Infoschalter kein Stück gerührt.

„Hat sie denn den Schuss nicht gemerkt?", fragte sich Jessy.

Doch als sie hinter die Frau gucken konnte, unterdrückte sie den Drang zu schreien. Es war ein schrecklicher Anblick.

Die Frau war an einer Stange, die bis zu ihrem Nacken reichte angekettet.

An den Beinen und am Bauch sah man Ketten die man von vorne nie gesehen hätte. An ihrem Hals sah man im Licht einen ganz dünnen Faden der auch an der Stange befestigt war. Den konnte man von vorne nicht sehen, da sie ein Halstuch trug.

So stand sie Kerzengerade da. Das muss wohl passiert sein als Jessy eingeschlafen war.

Als sie erfahren hatte das sich ihr Zug verspätete setzte sich auf eine Bank in der Eingangshalle. Nach einer Zeit fielen ihr die Augen zu und sie schlief ein.

So muss es gewesen sein.

Aber wer war es?

Wer hat der Frau das angetan?

War es die gleich Person die auf Jessy geschossen hatte?

Jessy wollte nicht weiter daran denken.

Plötzlich brannten draußen die Lichter eines Autos das vor dem Bahnhof hielt.

Jessy blieb ruhig am Boden liegen. Dann wurde sie neugierig und schaute hinter dem Tresen hervor. Sie erschrak und fing an zu schreien als vor ihr eine Person mit einer Kapuze über dem Kopf stand. Die Person richtete eine Pistole auf sie woraus sie sofort aufhörte zu schreien.

Die Person zog die Kapuze vom Kopf und es erschien das Gesicht ihres Ex-Freundes.

„Du hast mich verlassen und mir das Herz gebrochen. Dafür muss ich dich jetzt leider umbringen.", sagte er in einem leicht kranken Ton.

„Bitte nicht.", flehte ihn Jessy weinend an.

Er begann zu lächeln und drückte ohne zu zögern am Abzug.

Der Schuss hallte durch die ganze Eingangshalle.

Jessy schrie vor Schmerz und ihr wurde langsam schwarz vor Augen…

Sie fuhr ihren Körper kerzengerade. Sie lag voller schweiß in ihrem Bett.

„Es war nur ein Traum", sagte sie zu sich.

Ein schrecklicher Traum. Sie schaute auf die Uhr. Es ist 00:00 Uhr um Mitternacht.

Sie legte sich wieder hin.

Das würde er niemals tun, dachte sie sich und versuchte weiterzuschlafen.

Währenddessen merkte sie nicht den roten Punkt der auf ihrem Hinterkopf auftauchte . . .

KÜSS MICH!

In einem Landhaus am Waldrand saßen vier Männer in einem Kaminzimmer um einen niedrigen Glastisch herum. Der goldgelbe Lichtschein des prasselnden Kaminfeuers erhellte schwach die Aufschrift ihrer T-Shirts: „Die fantastischen Vier!"

Der Schwarzhaarige hielt in seiner Hand vier Streichhölzer. Nacheinander zogen sie jeweils einen Strunk mit roter Kappe. Sie verglichen und der Blonde mit den azurblauen Augen erhob sich, da er das kürzeste Streichholz gezogen hatte. Er leerte sein Glas mit der tiefroten Flüssigkeit und ging in die Küche. Auf der Anrichte standen die frischen Zutaten für ein Festessen. Aus einer Schublade holte der Blonde ein Tranchiermesser.

Dann verließ er schweren Schrittes das Efeu umrankte Haus und bewegte sich auf den angrenzenden Schuppen zu, der silbrig im vollen Novembermond schimmerte.

Er öffnete das Scheunentor, trat ein und ging zum Verschlag. Vorsichtig zog er die Gattertür auf und setzte seinen Fuß auf das trockene Stroh.

Ein weißes Kaninchen schaute ihn mit großen Augen an. Seine Löffel hingen lang herunter und streiften einige abstehende Halme. Langsam schritt der Mann auf das ruhig atmende Angora-Knäuel zu. Hinter seinem Rücken blitzte die scharf geschliffene Klinge.

Das Kaninchen säuselte sanft: „Küss mich! Denn ich bin eine verwunschene Prinzessin! Bitte! Küss mich auf mein weiches Fell!"

Der Mann hielt inne und stutzte. Manchmal werden Märchen wahr und Wünsche erfüllen sich, schoss es ihm absurd durch den Kopf. Er stieß das Messer in die nächste Holzplanke, beugte sich zum Kaninchen herunter und küsste es hinter dem linken flauschigen Ohr.

Ein Knall zerriss die Stille, dann stieg ein Rauchpilz zur Decke.

Eine wunderschöne rothaarige Frau in einem glitzernden Abendkleid stand unschuldig dort, wo vorher das Kaninchen kauerte. Sie blickte zu Boden. Ein kleiner Laubfrosch mit einer goldenen Krone auf dem feuchtgrünen Schädel hüpfte hektisch auf dem zusammengefallenen T-Shirt hin und her und quakte sie an.

Die Frau sagte lakonisch: „Männer!" und zog das Messer aus dem Holz. Als sie das Scheunentor hinter sich schloss, kräuselte sich der frostige Bodennebel um ihre zarten Knöchel. Auf dem Weg zur Haustür hauchte sie kalt: „Und nun sind die drei anderen feigen Frösche dran . . ."

KEIN GUTER TAG

Sie hockte auf den Boden, starrte auf ihre Hände, Blut. Wie kam es dazu dass ihre Kleidung voll mit diesem roten Zeug war, wie kam es dazu das sie mit aufgerissener Bluse auf den Boden kniete und ihre Hände mit fremden und ihrem Blut gezeichnet war? Wieso war sie nur hier im Wald. Sie wünschte, sie selbst könnte sich die Fragen nicht erklären aber sie konnte, sie konnte sich nur zu gut an alles erinnern was geschehen war. Vor der Bank und den Tisch lag der Reglose Körper des Mannes, aus seinen Kopf rann noch immer das Blut. Kaum Sichtbar wegen den hohen Gras, aber denn noch sah sie es so deutlich und sie konnte nicht weg sehen, eine dicke, fette Blutlache sammelte sich unter seinen Kopf, nicht weit entfernt von ihn die Glasscherben der Flasche. „Er hätte es nicht tun dürfen . . .", murmelte sie so leise, dass es kaum hörbar war. Sie hielt ihre Bluse zu und fing an sich, sie wieder zu, zu binden. Knöpfen konnte sie diese ja nicht mehr.

Dabei hatte doch alles so harmlos angefangen, sie war wie jeden Abend von der Arbeit mit ihren Auto nach Hause gefahren und parkte kurz vor ihren Haus, in dem kleinen Dorf und urplötzlich lächelte er sie durchs Fenster an und sie öffnete vorsichtig die Tür. Er hatte ihr gefallen, die mittel langen, braunen Haare, die hellen, kräftigen blauen Augen und das smarte Lächeln das er ihr geschenkt hatte. Als sie die Tür geöffnet hatte, sprach er sie sofort an: „ Entschuldigen sie, Lady. Aber ihr Auto hat seit dem sie von der Autobahn abgefahren sind Öl verloren." Sie stieg aus dem Auto aus und ließ ihren Blick über seinen gut gebauten Körper gleiten. „Er verliert Öl?", fragte sie ihn, obwohl er es ihr doch eben erst gesagt hatte. Er nickte nur stumm, trat einen Schritt zur Seite, um ihr Platz zu machen und folgte ihr ums Auto rum. „Ja, aber ich denke es wird nicht viel kaputt sein." Sie nickte und wandte sich wieder zu dem Mann hin. Sie sah genau wie sein Blick über ihren schlanken Körper glitt und wie er sie angesehen hatte. Eigentlich hätte sie ahnen können was er wollte, wie er dachte. Aber wer kannte schon die Gedanken eines Mannes. „Na dann werde ich nach her mal zur Werkstatt fahren", sagte sie und öffnete die Beifahrertür um ihre Tasche her raus zu holen. „Kann ich sie um einen Gefallen bitten?", fragte er sie und schloss die Autotür, als sie die Tasche in der Hand hatte. Sie sah ihn direkt in die Augen, diese Augen, sie hatten sie wirklich in ihren Bann gezogen. „Was denn für einen Gefallen?", fragte sie ihn. Sie spürte seinen Blick, mit dem er sie abtastete. „Dürfte ich bei ihnen einmal telefonieren?"

Klar eigentlich hätte sie abgelehnt, sie war dieses Wochenende ganz alleine zu Hause und einen wild fremden Mann mit in ihr Haus zu nehmen diesen Gedanken hätte sie nie zu gestimmt, aber er hatte etwas was ihr so gefiel, was sie kaum klar denken ließ und so stimmte sie ihn zu und er kam mit in das Haus ihrer Eltern und telefonierte, sie wusste nicht mit wen, es ging sie ja auch nichts an. Da nach bot sie ihn etwas zu trinken an und sie kamen ins Gespräch, er erzählte ihr woher er kam und warum er nun hier gelandet war, eigentlich war es alles umdeutend denn nichts wies auf das Geschehen in den Wald hin, nichts außer seinen gierigen Blick und sein grinsen welches er hatte wenn er ihren Körper hinab glitt.

„Ich würde sie gerne heute mal mitnehmen zu der Hütte nehmen, glauben sie mir die Gegend ist zum träumen und sie wollen gar nicht mehr weg!", bot er ihr an. Es war verrückt das sie sich überreden ließ und zu ihn in sein Auto stieg, mit ihn zu dieser Hütte fuhr und noch nicht einmal ihr eigenes Auto nahm, warum nur war sie so dumm gewesen. Sie hatte plötzlich kein sehr gutes Gefühl mehr als sie schon eine Stunde auf der Landstraße fuhren.

„Keity?", hörte sie auf einmal ihren Namen, verwundert sah sie zu den Mann hin und lächelte ihn dann an. „Ist alles in Ordnung mit ihnen?", fragte er sie besorgt. „Natürlich ist alles okay", log sie etwas. Er musterte ihren Gesichtsausdruck „Wirklich?", hackte er nach, sie nickte nur. „Ich kann sie auch wieder nach Hause fahren, falls ihnen nicht wohl ist."

„Nein, ich möchte in Moment doch gar nicht nach Hause, ich war nur grade in Gedanken gewesen und sagen sie doch nicht immer sie zu mir", sagte sie und schaute ihn an, er sah nicht zu ihr sondern auf die Fahrbahn, schaltete kurz und antwortete dann: „Nichts lieber als das, Keity."

Es war wirklich eine wunder schöne Hütte, sie lag gut versteckt mitten im Wald, auf einer kleinen Lichtung und innen waren ein großer Kamin, ein Bett und eine kleine Küchenzeile. Es war wirklich gemütlich. Sie sah wie er einige Lebensmittel in das Haus brachte. „Kann ich dir helfen, Jonas?", fragte sie ihn als er die Lebensmittel auspackte und in die Schränke ein sortierte. „Ach quatsch, ist ja nicht viel, kümmere du dich mal einfach darum zu entspannen und deine Zweifel beiseite zu schieben, denn ich werde dir nichts tun", sagte er zu ihr, zwinkerte ihr zu und machte den Schrank an der Wand zu. Sie grinste ihn an, er schien ihre Nervosität zu spüren. Er hatte alles in die Schränke ein sortiert bis auf eine Flasche Sekt. Er hielt ihr die vor die Nase „Meinst du wir können uns ein Gläschen genehmigen?", fragte er sie.

Na klar, stimmte sie zu, er brauchte sie noch nicht einmal überreden, er brauchte ihr nur von dem Waldsee und der Picknickbank erzählen und sofort war sie dabei. So gingen sie mit zwei Sektgläsern und Der passenden Flasche, den Waldweg entlang. Immer wieder begutachtete er ihre schlanken, gebräunten Beine, die durch den dunklen Jeansrock sehr gut zur Geltung kamen. Ihr langes, blondes Haar, hatte sie lässig zusammen gebunden, so dass er ihren Rücken ohne Probleme sah, genau wie ihr Tattoo, eine kleine Elfe. Er legte freundlich seinen Arm um ihre Schultern und sie gingen gemeinsam lachend den Weg in der Mittagssonne entlang. Sie redeten über alles Mögliche und sie verlor immer mehr ihre Zweifel.

Der See lag mitten im dichten Wald, die Sonne warf auf einige Stellen des Wassers ihre Strahlen und ließ das Wasser glänzen und funkeln wie in einen Bilderbuch. Hier war alles noch so unberührt von Menschen und von den täglichen Arbeitsstress, es war so wundervoll ruhig und es lud zum entspannen ein. Sie setzten sich auf die Holzbank, die ganz dicht am Wasser stand und er öffnete die Sektflasche mit einen Knall flog der Korken.

Er saß neben ihr und sie tranken genüsslich das Glas aus.

„Möchtest du auch noch eins?", fragte er sie, als er das lehre Glas sah. Doch sie schüttelte den Kopf. „Keine gute Idee, immerhin musst du mich noch nach Hause fahren", sagte sie und schaute wieder in seine tiefen, blauen Augen. Ein Lächeln umspielte seine Lippen und ein kleiner Windzug wehte durch ihr blondes Haar. Er strich ihr sanft die Strähne aus dem Gesicht und noch immer sahen sie sich in die Augen. „Wirklich schön, hier mit dir zu sitzen", sagte er leise und stellte die Sektflasche auf den Tisch. Sie sah ihn noch immer an. Auch als er aufstand und sich vor sie stellte, zu ihr hinab sah und sie fragte ob sie nach Hause möchte. Sie lächelte ihn an, ein Teil von ihr wollte nach Hause, denn es war ihr nicht wohl dabei, mit einen fremden Mann tief im Wald, an einen See, Alkohol und von ihn abhängig aber anderseits fühlte sie sich grade so wohl und er sah so gut aus.

Nur kurz brach sie den Blickkontakt ab und dann fesselte er sie auch gleich wieder mit seinen Blick. Wie er sie ansah. Sie dachte grade daran ihn zu gestehen, dass ihr nicht wohl war, da öffnete er grade seine Mund und seine Lippen bewegten sich, als er sich zu sie runter kniete und ihr noch immer in ihre Rehbraunen Augen sah „Ich würde dich jetzt aber nicht gehen lassen, kleines!", sagte er sanft aber denn noch bestimmend und etwas in seinen Ton gefiel ihr ganz und gar nicht. Er legte seine Hände auf ihre Oberschenkel, brach den Blickkontakt ab und sah nun auf ihre Beine. „Weist du, ich fand dich von Anfang an Unwiderstehlich und als ich deine Augen in deinen Rückspiegel gesehen habe, diese unschuldigen, tief, braunen, großen Augen, da wusste ich, ich müsste dich kennen lernen." Sie verstand kaum was das sollte, was er grade von ihr wollte. Seine Hände an ihren Oberschenkeln, ließen es nicht einmal zu das sie aufstehen konnte, sie drückten sie bestimmend auf die Bank. Er sah von ihren Beinen hinauf, auf ihren kleinen Ausschnitt, hinauf auf ihre schmalen Schultern, hoch zu ihren Lippen und dann in ihre Augen, er sah sie so fest an, das sie Angst hatte, er könnte ihr in die Seele sehen. „Du hast grade Angst richtig?", fragte er sie leise, noch immer starrten seine in die ihren Augen. Sie antwortete ihn nicht, er erwartete wahrscheinlich auch keine Antwort. „Du hattest schon Angst, als wir in den Waldweg hin ein gefahren sind, nur warum bist du trotzdem mit mir gekommen?", fragte er eigentlich mehr sich selber als sie. Seine Hand fährt etwas ihren Oberschenkel hoch, unter den Rock, doch sofort legte sie stumm die Hand auf seine und drückte dagegen. Er lächelte sie an und brach kurz den Blickkontakt, sah kurz zu ihrer Hand und dann wieder in ihre Augen. „Ich habe euch Frauen noch nie verstanden, verstehst du wie ich mir manchmal verarscht vorkomme?", fragte er sie und legte seine eine Hand auf die ihre. „Du bist wirklich eine Schönheit und du wirkst so nett und freundlich…", er hielt inne, sie zog ihre Hand von der seinen und stützte sich an der Bank ab. Er kam näher zu ihr ran gerutscht. Sein Kopf war ihren nun so nah, mit Kraft drückte er seinen Körper zwischen ihren Beinen. Und umarmte sie. „Möchtest du wissen, wie ihr Frauen uns Männer verarscht?"; fragte er sie, ohne wieder auf ihre Antwort zu warten. „Ihr präsentiert euch uns so sexy wie es nur geht, aber dann wenn man richtig Lust bekommen hat, lasst ihr uns abblitzen."

Er drückte sich noch enger an sie und sie versuchte ihn mit der einen Hand ihn weg zu drücken, aber er hielt ihre Hand fest und drückte sie auf das Holz, der Bank. Schmiegte seine Wange an ihre und flüsterte ihr ins Ohr: „Weißt du warum das hier mein Lieblings Ort ist?", er wartete kurz dann schenkte er ihr mit einen Grinsen die Antwort: „Weil kaum einer diesen Ort kennt und kaum einer findet ohne meine Hilfe aus diesen Wald hinaus." Er küsste sanft ihren Hals und sah ihr dann wieder in die Augen. „Keity, du warst wirklich nicht sehr schlau und du bist doch noch so jung, fast schon schade das es nun so kommt aber du musst mich verstehen, ich sammle halt schöne Dinge. Du sammelst ja sicherlich auch irgendetwas und diese Dinge möchtest du sicherlich auch um jeden Preis besitzen."

Nun langsam wurde ihr wirklich bange und sie bekam Angst, wie er sie ansah, so fest, so durch dringend und so volle Gier. „Wie meinst du das mit den Sammeln?", fragte sie ihn und erwiderte seinen Blick. Er zuckte mit den Schultern, glitt ihren Rücken hinab, drückte seine Hände unter ihren Hintern und drückte sie an sich, während er vorsichtig auf stand und sie in seinen Armen mit sich hoch zog. Sie wehrte sich nicht, als er sie neben der Sektflasche auf den Tisch absetzte und die Bank mit seinen Fuß beiseiteschob. Noch immer hielt er sie fest. „Ich glaube diese Frage brauche ich dir nicht zu beantworten, hier bist du jetzt ganz und gar mein eigen." Er grinste als er es ausgesprochen hatte. Seine Hand fuhr unter ihr Top und glitt sanft nach oben zu ihren BH Verschluss. Doch sie drückte ihn nun mit Beiden Händen weg und versuchte ihn zwischen ihren Beinen weg zu bekommen. Aber er war stärker griff nach ihren beiden Händen und drückte sie nach hinten auf den Tisch, er lockerte schnell seine eine Hand und legte sie auf den Hals der jungen Frau, drückte sie nun mit etwas Druck auf den Tisch, sie bekam weniger Luft und atmete schwerer, hielt still, als er mit der anderen Hand ihren Rock hoch schob und sich wieder zwischen ihre Beine drängte. Sie spürte als sie still hielt wie er den Druck an ihren Hals nach gab und ihn etwas lockerte, den Griff. Er schaute ihr wieder in ihre panischen Augen, die ihn wütend zugleich ansahen, er lehnte seinen Körper über den ihren. Und berührte kurz ihre Stirn mit den Lippen um ihr einen Kuss zu geben. „Du brauchst keine Angst haben", sagte er leise zu ihr, während seine Hand weiter an ihren Oberschenkel hochfuhr.

Natürlich hatte sie Angst und sie war fast verrückt um Sorge was passieren wird, doch zwang sie sich zu einen Lächeln. Was ihr kaum gelang. Er nahm es war flüsterte ihr ins Ohr sie solle ihn vertrauen und küsste ihren Hals hinab. Während er ihren Hals küsste, riss er unvorsichtig ihre Bluse auf, und küsste weiter hinab. Sie nutzte diese Chance packte die Sektflasche die ganz dicht bei sich stand und holte damit aus, ließ sie auf seinen Kopf knallen, doch sie hatte sich nicht getraut richtig mit aller Kraft zu zuschlagen. So wurde er kurz gegen sie gedrückt vom Schlag auf seinen Kopf schreckte hoch, sein Kopf tat fürchterlich weh, er sah sie mit wütenden Augen an, sah wie sie noch einmal mit der Sektflasche ausholte und sie ihn am Hinterkopf traf, er sackte vom Hieb und vom schmerze nach unten auf den Boden. Sie setzte sich aufrecht hin, schloss die Beine und umklammerte fest die Sektflasche mit den Händen, sie hörte wie Jonas kurz seufzte und sich wieder mit wackligen Beinen hoch kämpfte, sich auf den Tisch abstützte und versuchte dann nach ihrer Hand mit der Flasche zu greifen, doch sie schrie ihn an er solle es bleiben lassen, doch er grinste sie nur an und so kam es das sie noch einmal ausholte aber diesmal mit mehr Kraft und Gewalt und die Flasche zersprang als sie auf seinen Schädel traf und er taumelte einige Schritte vom hieb zurück, stolperte über die Bank, die er vorhin noch zur Seite geschoben hatte und flog zu Boden. Sie hatte noch immer die kaputte Flasche in der Hand und sprang langsam von der Bank hinunter, sie zitterte am ganzen Leib. Und starrte auf den Mann vor ihr.

Sie hockte sich zu ihn runter, ließ allerdings die Flasche dabei nicht los, legte ihre freie Hand an seinen Hals um den Puls zu fühlen und tatsächlich, da war er und pochte. Sie atmete erleichtert auf, er lebte noch.

Plötzlich griff er nach ihrer Hand, riss die Augen auf und starrte sie wütend an. Sie erwiderte seinen Blick ängstlich, sie dachte er wäre ohnmächtig gewesen „Du kleine Schlampe, das wirst du mir mehr als nur bereuen!", raunte er ihr zu und zog mit der anderen Hand, einen Revolver vor, doch noch bevor er damit auf sie zielen konnte, er blickte sie die Waffe und zögerte keinen Moment damit, wieder die kaputte Flasche auf ihn zu jagen. Voller Panik und Angst hatte sie vergessen was sie tat, das die Flasche jetzt doch scharfe Kanten hatte und kaputt war und somit sauste die Flasche auf seinen Kopf nieder und rammte eines seiner scharfen Ecken, in seinen Schädel. Jonas schrie voller Schmerz auf, ließ den Revolver fallen und spürte wie sich die scharfe Ecke in Sekundeschnelle in seinen Kopf bohrte.

Er lag still da als sie die Flasche mit zittrigen Händen aus seiner Stirn zog und das Blut aus der tiefen Wunde quoll. Sie seufzte als ihr klar war was sie getan hatte. In vollkommener Verzweiflung, drückte sie ihre Hände auf die Wunde und murmelte: „Nein! Hör auf zu bluten. Das wollte ich doch nicht!" aber es war schon längst zu spät der letzte Schlag und die scharfe Glasscherbe hatten ihn den Rest gegeben, sonst wäre er wohl möglich knapp davon gekommen. Sie drückte den Flaschenkopf so fest, vollkommen in Gedanken und starrte auf die Wunde des Mannes, dass das Glas nach gab und ebenfalls zersprang, sich etwas in ihr Fleisch bohrte und sie aus ihren Gedanken riss. Sie schrie kurz vor Schmerz auf und lies die Scherben aus ihren Händen fallen. Zog vorsichtig die letzte scharfe Scherbe aus ihrem Fleisch, schrie dabei wieder auf und stand dann auf. „Polizei . . .", murmelte sie vor sich hin „Ich brauche die Bullen!".

Ihre Hand die noch nicht verletzt war wanderte zu ihrer Rocktasche und zog ein Handy hervor. Sie betete still dafür in keinem Funkloch zu sein und sie hatte Glück. Schnell tippte ihr Finger die Nummer in die Tasten und sie hielt das Handy an ihr Ohr, noch immer vollkommen durch einander als eine Männerstimme am Hörer ertönte und sie ins Telefon die Worte sprach: „Ich habe jemanden umgebracht. . ." Und sofort brach sie Tränen am Telefon aus, ging etwas von dem leblosen Körper des Mannes weg und sackte dann wieder zu Boden mit dem Handy am Ohr. Vollkommen wild durch einander beschrieb sie den Mann, an der anderen Leitung wo sie war und was passiert war. Er würde sofort jemanden vorbei schicken hatte er gesagt und sie legte auf und starrte ihre Hände an mit den ihren und den fremden Blut.

NACHTS

Ihre Gedanken rasten. Sie konnte nicht mehr. Spürte wie ihr Schweiß übers Gesicht lief, oder waren es Tränen? Sie wusste es nicht. Verzweifelt blickte sie sich um. Schwarz. Nichts war zu sehen. Nichts und niemand. Aber er war da. Sie spürte seine Nähe. Konnte ihn fast riechen. Nicht stehen bleiben. Weiter. Immer weiter. Sie konnte es schaffen. Musste es schaffen.

Es war kalt. Zu kalt für diese Jahreszeit. Die Nacht war sternenklar, doch kein Mond schien. Dabei war der Mond doch immer ihr Freund gewesen. Aber auch er hatte sie jetzt im Stich gelassen. Wie alle anderen.

Nichts war zu hören. Außer ihrem Keuchen und das Klatschen ihrer nackten Füße auf dem Asphalt. Wo war er? Ihre schmerzenden Rippen raubten ihr jede Kraft klar zu denken. Doch sie musste weiter. Irgendwo musste hier doch ein Haus stehen. Irgendwann musste hier doch mal ein Auto vorbeifahren. Doch sie war allein. Und sie wusste es. Fast allein. Da war schließlich noch dieser Fremde in der Dunkelheit. Doch sonst? Niemand!

Ich kam gerade aus der Stadt von einer Party. Es war spät, um nicht vielleicht besser zu sagen früh. Ich hatte noch eine Freundin nach Hause gebracht, doch nun war ich selbst auf dem Weg zu unserem ziemlich weit draußen liegenden Hof.

Früher war ich nicht oft weg, doch seit ich den Führerschein und mein eigenes Auto habe, ist auch die Entfernung und die schlechte Busverbindung kein Hindernis mehr.

In dieser Nacht war es ziemlich dunkel und ungewöhnlich kalt, wenn man bedenkt, dass wir Mitte Juli hatten. Ich war müde und erschöpft von der langen Nacht und fuhr deswegen eher langsam. Das Radio hatte ich auf volle Lautstärke aufgedreht, um nicht am Steuer einzuschlafen. Und da ich alleine im Auto saß, sang ich auch ebenso laut mit.

Doch als ich gerade mein Blick auf eines der unzähligen Holzkreuze, die den Straßenrand zierten, schweifen ließ, sah ich sie: Angelehnt an einen Baum, den Blick starr nach vorne gerichtet, saß sie da.

Ich trat so stark auf die Bremse, dass die Reifen meines Autos empört auf quietschten. Ich drehte das Radio leiser, sprang aus dem Wagen und lief zu ihr. Immer noch war ihr Blick gerade nach vorn gerichtet. Sie beachtete mich gar nicht. Behutsam fasste ich ihr an die Schulter, sie wirkte so zerbrechlich. Keine Reaktion. Ich kniete mich vor sie, versuchte den Blick ihrer gläsernen Augen aufzufangen. Noch immer keine Reaktion, kein Blinzeln, kein Atem, kein Puls – kein Leben.

Sie war tot.

Doch bestimmt noch nicht lange, denn obwohl es eiskalt war, war sie warm.

Wäre ich früher gekommen, dann . . . Panisch blickte ich mich um. War da jemand? Eine eiskalte Angst kroch mir den Rücken hoch. Ich sprang auf, rannte zum Auto, und noch bevor ich die Tür richtig schließen konnte, raste ich mit 140 Sachen die Straße runter.

Bis nach Hause war es nicht mehr weit, doch trotzdem hatte ich das Gefühl, es hätte Stunden gedauert. Als ich dann endlich die Einfahrt zu unserem Anwesen hoch bretterte, stellte ich zu meinem Schrecken fest, dass im Haus alles dunkel war. Keiner war wach! Warum auch? Es war schließlich 04:00 Uhr morgens. Erneute Panik überkam mich. Was sollte ich machen? Ich stürmte ins Haus, stolperte über unseren Hund, fiel der Länge nach hin und riss im Sturz die Lieblingsvase von meinem Vater mit zu Boden. Verzweifelt rappelte ich mich wieder auf und tastete nach dem Lichtschalter, doch noch bevor ich ihn betätigen konnte, tauchte unsere Deckenlampe alles in Licht.

Durch meinen Sturz und das Zertrümmern der Vase geweckt, erschien meine Oma im Morgenmantel am Treppenabsatz. Und dann konnte ich nicht mehr: Ich fiel zu Boden und die ganze Angst der letzten 30 Minuten strömte in Tränen aus mir heraus. Jetzt war ich nicht mehr allein.

Jetzt konnte mich endlich jemand von meiner Verzweiflung befreien.

Jetzt wusste jemand, was zu tun war.

Ja, jetzt würde alles gut werden.

STILLE NACHT, GRAUSAME NACHT

Heilig Abend. Du sitzt mit deiner Mutter und der Familie deiner besten Freundin im Wohnzimmer und wartest. Wartest darauf, dass du aus einem Albtraum aufwachst, der dich zu lähmen scheint. Man sagt dir, dass deine Freundin entführt worden ist und dass der Entführer Geld erpressen möchte. Doch ist es wirklich nur das Geld, das ihn zu so einen grausamen Tag antreibt?

Es war Heilig Abend und die idyllischen Wohnhäuser unserer Siedlung waren zentimeterdick mit glitzerndem Schnee bedeckt. Wir saßen im Wohnzimmer und schwiegen uns an. Ich sah die Tränen in den Augen von Rays Mutter Anna. Sie glitzerten wie der Schnee draußen vor dem Fenster. Der Weihnachtsbaum sah trostlos aus, unbeleuchtet und bereits abgeschmückt. Uns war nicht zum Feiern zumute.

Die Bilderbuchatmosphäre – das Gebäck auf dem Tisch, die Geschenke unter dem Weihnachtsbaum, die Kerzen auf dem Adventskranz – sie trügt. Ich bemerkte, wie mir schon wieder die Tränen in die Augen schossen. Um mich abzulenken starrte ich auf die große Wanduhr. Vor genau sechs Stunden und vierzig Minuten war die erste Nachricht eingetroffen. Wir waren dabei, das Esszimmer zu schmücken und warteten auf Ray, die noch mal in den Supermarkt wollte, als der Anruf kam. Anna war nach dem Telefonat in der Küche zusammen gebrochen. Wir hörten sie weinen und meine Mutter lief zu ihr. Ich legte die Teelichter auf dem Tisch ab und kam nach. Anna saß auf dem kalten Küchenboden und zitterte am ganzen Körper, während sie haltlos schluchzte. „Um Himmels Willen, Anna, was ist denn passiert?" fragte meine

Mutter besorgt. „Ray . . . das war . . . sie ist entführt worden. Bitte . . . wo ist Mark?" Ihre Stimme hörte sich fremd an und die Sätze, die sie formte, waren so weit weg und unrealistisch, dass ich es nicht begreifen konnte.

Entführt? Ray? Ich brachte keinen Ton mehr heraus, obgleich tausend Fragen in meinem Kopf kreisten. Meine Mutter ließ Anna auf dem Boden zurück und rannte nach draußen um Mark, Rays Vater, zu rufen, der im Garten die letzten Lichterketten anbrachte. Als Anna ihm weinend erzählte, dass ihr eine Tonbandstimme eiskalt unterbreitet hatte, dass sich ihre Tochter in der Gewalt eines Entführers befand und dass die Familie so schnell es ging, 300.000 Euro auf ein angegebenes Konto überweisen sollte. Man drohte ihr, Ray etwas anzutun, wenn das Geld in spätestens zwei Stunden nicht angekommen war oder wenn die Polizei verständigt wurde, hatte er sichtlich Mühe nicht wie seine Ehefrau die Fassung zu verlieren.

Nach nur wenigen Minuten war es entschieden, sie wollten die Polizei einschalten. Circa zehn Minuten später traf diese dann mit einem ganzen Ensemble bei uns ein. Es wurden allerlei Vorbereitungen für die Telefonabhörung getroffen und man versuchte Rays Eltern so gut es ging, zu beruhigen. Man überprüfte die angegebene Kontonummer, fand heraus, dass es ein Auslandskonto war und seit vier Jahren auf einen gewissen Herrn Fahl zu gelassen war, der allerdings vor mehreren Monaten gestorben war.

Dass das Konto nicht gesperrt wurde, sah die Kriminalpolizei als Versehen an. Der leitende Inspektor entschied dann, auf einen weiteren Anruf zu warten. Denn wenn Rays Eltern das Geld tatsächlich überweisen würden, hatten sie keine Garantie, dass der oder die Entführer Ray tatsächlich laufen ließen. Nur eine Stunde später kam der Anruf. Man hatte versucht mich nach Hause zu schicken, aber ich hatte mich mit Händen und Füßen gewehrt. Ich hätte es nicht ausgehalten, zuhause zu sitzen und nicht zu wissen, was mit Ray war, auch wenn unser Haus direkt an das von Rays Familie angeschlossen war. Die Polizisten kümmerten sich schließlich nicht mehr um mich und wir hörten das Gespräch mit. „Sie haben einen gewaltigen Fehler begangen! Wir sind nicht blind!

Sie haben gegen unsere Anweisungen die Polizei eingeschaltet. Überlegen Sie sich gut, ob Sie in Zukunft unsere Anweisungen befolgen oder ob sie möchten, dass es Ray noch schlechter geht!" sagte eine Art Tonbandstimme, die sich wohl für immer in mein Gedächtnis gebrannt hat. „Was heißt noch schlechter?" fragte Anna mit bebender Stimme. Mark legte ihr tröstend den Arm um die Schulter. Auch er hatte Tränen in den Augen und seine Hände zitterten merklich.

„Nach ihrem unüberlegten Entschluss die Polizei einzuschalten, mussten wir schließlich irgendwie dafür sorgen, dass Sie sich ihren nächsten Entschluss besser überlegen. Aber keine Panik, ihre Tochter wird es schon überleben, vorausgesetzt sie befolgen jetzt unsere Anweisungen." Ich konnte nicht glauben, was ich da mit anhörte. Man kannte genau diese Szenarien sehr gut aus dem Fernsehen oder aus Romanen. Dass dies alles real war, versuchte ich nicht an mich heranzulassen. „Natürlich! Wir tun, was sie wollen!" versuchte Mark den Entführer zu beschwichtigen. „Schön! Dann sind wir uns ja einig! Passen Sie gut auf . . . Sie werden 300.000 Euro um 19:00 Uhr im hiesigen Bahnhof in einer Reisetasche in den Gepäckwagon des ICE nach München stellen. Ich warne Sie! Keine Tricks! Kein Polizist in Zivil der die Reisetasche unauffällig begleitet. Kein GPS-Sender. Keine versteckten Kameras. Läuft irgendetwas schief, dann schwöre ich Ihnen, dass Sie Ihre Tochter, wenn überhaupt, nur schwerverletzt wiedersehen! Wir hören voneinander!" Dann knackte es in der Leitung.

Der Techniker, der versucht hatte, den Anruf zu orten, schüttelte entschuldigend den Kopf. „Tut mir Leid, keine Ortung möglich!" Inzwischen war es 19:15 Uhr. Man hatte beschlossen, einen Gegenangriff zu starten, wenn Rays Eltern auch nicht ganz davon überzeugt waren. Es blieb ihnen keine andere Möglichkeit, denn so hatten sie keine Versicherung, dass die Entführer Ray tatsächlich gehen ließen. Mark hatte die Reisetasche mit dem Geld zum Bahnhof gebracht und in den Zug nach München gestellt, ein Polizist in Zivil hatte sich schon einige Haltestellen vorher in den Zug gesetzt und sollte den verhaften, der die Tasche mitnahm. Zudem postierte man an jeder Haltestelle Polizisten, die überwachen sollten, ob jemand die Tasche aus dem Gepäckabteil nahm. Ich hatte solche Angst um Ray. Was sie jetzt wohl durchmachen musste?

Als er den Raum betrat, indem sie sie gefangen hielten, war sie noch bewusstlos. Er betrachtete sie zufrieden. Sein Plan war perfekt. Er hatte keine Fehler, nicht wie die Pläne der Kriminellen in schlechten Kinofilmen oder Romanen, die grundsätzlich ein Happy End hatten. Die Sache würde kein Happy End haben, jedenfalls nicht für die Guten der Geschichte. In dieser Geschichte würde das Böse siegen, dessen war er sich sicher. Sie sah aus wie ein Engel. Blonde Locken, strahlend blaue Augen, die wie im Schlaf geschlossen waren. Sie spielte die Hauptrolle in seiner Geschichte. Zusammen mit ihm. Sie war eine perfekte Hauptrolle für eine perfekte Geschichte. Ein perfekter Plan ohne Mängel. Sie war die Unschuld in Person. Zarte siebzehn, unbekümmert und voller Lebensfreude. Er hatte sie in letzter Zeit lange beschattet. Fast überall, zu fast jeder Zeit. Genau wie ihre ahnungslos gewesenen Eltern.

Ahnungslos waren sie mittlerweile nicht mehr. Sie waren eingeweiht in einen kleinen, jedoch eher unwichtigen Teil seines Plans. Doch es war zu spät, viel würden sie an dem Schicksal ihrer Tochter nicht mehr rütteln können. Der Atem der kleinen Blonden wurde unruhiger. Bald würde sie aufwachen. Er kniete sich vor sie und war nur wenige Zentimeter von ihrem Gesicht entfernt, als sie die Augen aufschlug. Erschrocken wollte sie zurückweichen, doch die Wand hinter ihr verhinderte es. Ihre Hände waren mit schmalem Draht gefesselt. „Wer sind Sie? Wo bin ich hier?" fragte sie mit schwacher Stimme. „Keine Panik, wenn du dich ruhig verhältst, geschieht dir nichts!" log er.

Sein eigentlicher Plan sah jedoch etwas anderes vor. Er hatte sich erst gar nicht die Mühe gemacht, sein Gesicht vor ihren Augen zu verbergen, denn sie würde sowieso nicht die Gelegenheit dazu haben, es irgendjemandem zu beschreiben. „Lassen Sie mich hier raus! Was wollen Sie von mir?" Ihre Stimme zitterte. „Das kann ich dir noch nicht sagen, erst mal müssen wir abwarten!" antwortete er in gespielt väterlichem Ton. „Was abwarten?" Die Kleine wurde immer unruhiger. Ihre gefesselten Hände zitterten, ihre blauen Augen waren vor Angst geweitet. „Das wirst du schon noch sehen!" sagte er ruhig, dann verließ er den Raum wieder und sperrte hinter sich ab. Er musste sich jetzt erst um ihre Eltern kümmern. Es war 19:15 Uhr. Vor einer viertel Stunde musste ihr Vater die Geldtasche in den ICE nach München gestellt haben. Er war sich sicher, dass die Polizei ihre helfenden Hände da drin hatte. Er hatte sie gewarnt.

Ray zitterte am ganzen Körper. Ob der Grund dafür die beißende Kälte in diesem dunklen Kellerraum war oder die Angst, die ihr die Kehle zuschnürte, wusste sie nicht. Was wollte dieser Typ bloß von ihr? Als sie aufgewacht war, saß er direkt vor ihr. Seine dunklen, fast schwarzen Augen, starrten sie an, wie ein Raubtier, das genüsslich seine Beute betrachtet. War sie seine Beute? Oder nur ein Mittel zum Zweck? Was hatte er vor? Sie zog sich ihren Wintermantel enger um den schlanken Körper. Ihre Hände und Lippen waren vor Kälte bereits blau angelaufen. Wie gebannt starrte sie an die eiserne Tür.

Was würde er tun, wenn er wieder kam? Ihr kamen alle möglichen Horrorszenarien in den Sinn, die sie im Fernsehen gesehen oder in Büchern gelesen hatte. Doch das hier war pure Realität. Um sich abzulenken, versuchte sie sich daran zu erinnern, was passiert war. Sie war von zuhause weggegangen, um die Mittagszeit, um im Supermarkt noch ein paar Sachen zu besorgen, die für das abendliche Festessen noch gefehlt hatten. Sie wusste auch noch, dass sie sich nach dem Einkauf auf den Weg nach Hause gemacht hatte, doch dann war plötzlich alles wie ausgelöscht. Warum war sie bewusstlos gewesen? Was hatte er mit ihr gemacht? Und was er hatte noch mit ihr vor? Sie versuchte nicht auf die Bilder zu achten, die sich in ihrem Kopf zu einer grausamen Geschichte zusammenfügten. Es gelang ihr nicht. Sie wusste nicht, wie viel Uhr es war.

Es gab im Raum kein Fenster und sie hatte überhaupt kein Zeitgefühl mehr. Vielleicht war sogar der nächste Tag, der erste Weihnachtsfeiertag, schon angebrochen. Was ihre Eltern und Marie jetzt wohl machten? Wussten sie schon, wo sie war? Mit ihrer besten Freundin, mit der sie seit Kindheitstagen ein Herz und eine Seele war, deren Mutter und ihren Eltern wollte sie heute Heilig Abend verbringen. Es war das erste weiße Weihnachten seit fünf Jahren und sie saß in einem Kellerverlies, festgehalten von einem wahrscheinlich geisteskranken Entführer. Würde sie ein weiteres Weihnachten womöglich gar nicht mehr erleben? Sie hatte sein Gesicht gesehen. Seine starren Augen, seine markanten Züge, sein ganzes, unheimliches Erscheinungsbild. Er war erstaunlich jung. Höchstens 30. Was geschah hier nur? Welches kranke Spiel wollte dieser Typ mit ihr spielen?

Nach einer halben Stunde traf Mark endlich wieder bei uns ein. Sein Gesicht war trotz der

Kälte leichenblass. Leichenblass . . . Was hatte dieser Entführer mit Ray vor. Er würde sie noch nicht etwa umbringen? Bei diesem Gedanken liefen mir die Tränen lautlos über die Wangen, die sich die ganze Zeit angestaut hatten. Meine Mutter nahm mich in den Arm. Ich wünschte mir so sehr, dass Ray jetzt bei uns saß und mit uns Weihnachten feiern konnte. Ein kindischer Gedanke kam in mir auf. Das erste weiße Weihnachten seit fünf Jahren und Ray wurde irgendwo von einem geldgierigen Entführer festgehalten. „Das Geld ist also jetzt im Zug nach München. Aber ich verstehe das nicht. Er muss sich doch denken können, dass wir die Tasche beschatten. Er schickt womöglich einen Kumpan, um die Tasche zu holen.

Wir verfolgen ihn, greifen ihn aber nicht an. Vielleicht führt er uns zu dem Versteck, wo sie Ihre Tochter gefangen halten." erklärte ein Polizist. Die weitere halbe Stunde, die verging, bis das Telefon zum dritten Mal an diesem Tag klingelte, kam mir vor wie eine Ewigkeit. Doch dann bemerkten wir, dass es nicht der Festnetzanschluss war. Es war das Handy des leitenden Beamten. Nach einem kurzen Gespräch drückte er ab. „Das war ein Kollege. Die Geldtasche wurde schon bei der nächsten Haltestelle dem Zug entnommen. Unsere Leute sind dem Mann gefolgt.

Ganz in der Nähe des Bahnhofs ist er in ein Bürogebäude gegangen. Wir haben ihn festgenommen. Er sagte aus, dass er einen privaten Versanddienst leite und dass er die Tasche so lange behalten solle, bis sie jemand abholen würde. Wir haben ihn wieder zurück geschickt und beschatten sein Gebäude. Sobald jemand die Tasche abholt, schlagen wir zu." berichtete der Beamte. Anna schlug die Hände vor dem Kopf zusammen. Wir alle befürchteten jetzt, dass der Entführer wusste, dass Rays Eltern wieder die Polizei eingeschaltet hatten.

Unsere Befürchtung bewahrheitete sich nur zehn Minuten später, als wieder das Festnetztelefon klingelte. „Ich habe Sie gewarnt! Wir haben unsere Augen überall. Habe ich nicht gesagt, keine Polizei!? Sie haben meinen armen Lieferanten wohl ganz schön erschreckt. Der wusste natürlich nicht, was sich in der Tasche befindet. Er hatte bloß einen Auftrag von mir. Aber glauben Sie nicht, ich hätte im Ernst daran gedacht, dass ich dieses Geld in dieser Reisetasche wirklich bekomme. Das war ein ganz simpler Test. Ein Test, ob Sie jetzt in der Lage sind meine Anweisungen zu befolgen! Scheinbar nicht!

Öffnen Sie in fünf Minuten ihre E-Mailposteingang. Sie werden dann unter Anderem neue Anweisungen erhalten!" Sofort legte er auf. Ich drückte mich fest an meine Mutter. Ich konnte immer noch nicht glauben, was sich vor meinen Augen abspielte. Anna hatte sich erschöpft und weinend auf die Couch fallen gelassen, während Mark, den Telefonhörer immer noch in der Hand, wie versteinert aus dem Fenster starrte. Seit wir denken konnten, kannten wir uns. Ray und Ich. Wir haben so viel zusammen erlebt. Wir waren überhaupt nicht auseinander zu kriegen. Wie haben uns so gut wie nie gestritten und wenn dann nur wegen Kleinigkeiten. Ich habe mich immer gefragt, ob es so etwas wie Seelenverwandtschaft gibt. Heute glaube ich, dass wir seelenverwandt waren. Sie hat mir sofort angesehen, wenn ich Probleme hatte. Wir haben zusammen gelacht und zusammen geweint. Was, wenn ich sie jetzt nie wieder sehen würde? Ich konnte diesen Gedanken nicht vertreiben, egal wie sehr ich es versuchte. Was würde in dieser E-Mail stehen? Wann würden wir endlich aus diesem Albtraum aufwachen?

Er hatte es gewusst. Er war sich sicher gewesen, dass die Polizei weiterhin mitspielte. Das änderte jedoch nichts an seinem Plan. Auch die Polizei konnte ihn nicht aufhalten. Sein Plan war bis ins Äußerte durchdacht. Als er von seinem Kollegen den Anruf bekommen hatte, dass die Polizei dem nichts ahnenden Lieferanten gefolgt war, wusste er was zu tun war. Jetzt wurde es ernst. Es war an der Zeit, in die nächste Runde zu gehen. Er hatte ihre Eltern angerufen, um sie auf die bald eintreffende Mail hinzuweisen. Dann war er zu der Kleinen in den Kellerraum gegangen, um den Inhalt der E-Mail vorzubereiten. Sie hatte um Hilfe geschrien und versucht sich zu wehren. Sie hatte keine Chance. Er hatte so lange auf sie eingetreten bis er selbst außer Atem war und die Kleine zusammen gekauert am Boden lag und keine Kraft mehr hatte, um sich gegen ihn zu wehren. Die Kleine . . . Ihm gefiel der Ausdruck, obwohl sie schon fast eine junge Frau war.

Für seinen Plan brauchte er keine junge Frau. Das passte nicht ins Konzept. Es gefiel ihm besser, sie „die Kleine" zu nennen. Sie weinte nicht, sie wimmerte nicht und versuchte auch nicht, beschwichtigend auf ihn einzureden. Er wusste nicht, ob er das nun gut oder schlecht finden sollte, machte sich aber nicht weiter Gedanken darüber. So, wie sie da lag, blutend und völlig entkräftet, fotografierte er sie. Ohne ein weiteres Wort, verließ er den Kellerraum. Oben lud er die Bilder auf den Computer und schickte sie mit einem kleinen Text an die recherchierte E-Mail-Adresse von ihrem Vater. Vielleicht würden es die letzten aktuellen Bilder sein, die er von seiner Tochter sehen konnte.

Genau fünf Minuten nach dem Anruf traf die E-Mail ein. Meine Mutter wollte nicht, dass ich dabei bin, wenn Mark sie öffnet. Aber seit einigen Wochen war ich 18 und entschied, dass ich es nicht über mich bringen würde, ahnungs- und tatenlos zuhause rumzusitzen. Mit zittrigen Fingern führte Mark den Zeiger zum Button „E-Mail lesen" und drückte. Der Anblick, der sich uns dann bot, hat sich wie die Tonbandstimme für immer in mein Gedächtnis gebrannt, auch wenn es Minuten dauerte, bis ich realisierte, was ich da sah. Ray lag auf dem Boden.

Sie hatte Platzwunden im Gesicht, die teilweise stark blutenden. Man konnte nicht richtig erkennen, ob sie die Augen geöffnet oder geschlossen hatte. Aber sie stützte sich mit dem Ellenbogen auf dem Boden ab, was uns sagte, dass sie zum Zeitpunkt der Fotografie noch gelebt haben musste. Ihr Blick war auf den Boden gerichtet. Ihre Hände mit Draht gefesselt. „Oh mein Gott . . .!" schluchzte Anna und verbarg ihr Gesicht an Marks Brust. „Beruhigen Sie sich, Frau Sander! Wir finden ihre Tochter, glauben Sie mir!" versuchte ein Beamter Rays Mutter zu beruhigen. Der Techniker schüttelte wieder entschuldigend den Kopf, so wie bei jedem vorhergegangenen Anruf.

Er konnte nicht herausfinden, von welchem Anschluss die E-Mail stammte. Dann las Mark mit schwacher Stimme den Text vor. „Jetzt haben Sie gesehen, wozu ich fähig bin! Wir starten noch einen Versuch. Aber dieses Mal richtig! Mark . . . Sie setzten sich ins Auto . . . Alleine. Sie werden dort weitere Anweisungen erhalten! In einer halben Stunde geht's los!" „Wir verkabeln Sie, dann können wir Sie per GPS verfolgen." schlug ein Beamter vor. „Nein! Diesmal machen wir keine Fehler! Ich gehe allein und ohne GPS-Sender. Ich will nicht riskieren, dass die meiner Tochter noch mehr antun!" Anna hob irritiert den Kopf. Ich konnte sie verstehen. Ihre Tochter war schon in der Hand dieser Verrückten und jetzt wollte sich auch noch ihr Ehemann in die Höhle des Löwen wagen. „Mark, tu' das nicht! Die Polizei kann uns . . .!" setzte sie an, doch Mark unterbrach sie. „Die Polizei hat uns genug geholfen! Hast du nicht gesehen, was dabei heraus gekommen ist? Ich will und kann nicht riskieren, dass unserer Tochter etwas zustößt!"

Mark wurde laut. Beschwichtigend legte Anna eine Hand auf seinen Arm, doch er entzog ihn ihr. Ein Beamter wollte ansetzen, etwas zu sagen, doch Mark ließ ihn nicht zu Wort kommen. „Ich will nichts davon hören! Ich werde fahren und zwar ohne Ihre Hilfe!" „Wissen Sie eigentlich, in welche Gefahr Sie sich und ihre Tochter damit bringen! Was ist, wenn der Entführer Ray behält und noch mehr Geld erpresst." sagte der Techniker mit fester Stimme. Er hatte Recht. Alleine hatte Mark keine Chance gegen den Entführer. Er könnte problemlos das Geld nehmen und mit Ray wieder verschwinden, oder er hatte Ray erst gar nicht dabei.

„Dann können wir es immer noch mit Sender und allem drum und dran machen!" protestierte Mark. „Mark . . . setz das Leben unserer Tochter nicht aufs Spiel, vertrau der Polizei!" versuchte Anna ihn zu überzeugen.

Es dauerte eine Weile, bis sich Mark, die Hände über dem Kopf, in den Sessel fallen ließ. „Also gut . . . vielleicht hast du Recht. Dann müssen wir uns jetzt aber beeilen!" Mark wurde so schnell es ging verkabelt und dann sahen wir zu, wie er sich in sein Auto saß. Er hörte die Anweisungen der Polizei durch einen Empfänger im Ohr. Anna, meine Mutter und ich hörten mit. Man schickte einige Polizisten in Zivil los, um dem Auto von Mark unauffällig und abwechselnd zu folgen. Im Auto wurde ein Mikrofon installiert, falls Mark, womöglich über sein Handy mit dem Entführer sprechen würde. Nach circa zwei Minuten hörten wir ein Handy klingeln. „Hallo?" hörten wir schließlich Marks Stimme. „Das ist unmöglich! Das Geld ist noch bei ihrem Lieferanten. So schnell bekomme Ich kein Geld von der Bank!" Nur kurze Zeit später Marks dritter „Monolog". „Dazu muss ich wieder die Polizei einschalten und das wollten Sie doch nicht!" „Schalten Sie das Handy auf Freisprechen!" sagte einer der Beamten, der mit einer Art Headset hinter mir stand. Mark setzte die Aufforderung um, denn wir hörten plötzlich wieder die bekannte Tonbandstimme.

Mir lief es eiskalt den Rücken hinunter. „Es ist mir egal, wie Sie das Geld beschaffen, aber tun Sie es! Wenn Sie es haben, fahren Sie in die Ravensbacher Schwimmhalle. Dort entnehmen Sie Spint 17 eine neue Reisetasche, in die sie das Geld füllen, die alte Reisetasche, falls Sie das Geld so besorgen, lassen Sie dort. Dann melden Sie sich wieder, indem Sie einfach auf Die Rückruftaste drücken!" Dann legte er auf. „Hören Sie zu, Mark, Sie fahren jetzt zu dem Lieferanten, wir beschreiben Ihnen den Weg. Sie nehmen das Geld und befolgen die Anweisungen des Entführers. Ich vermute, er will irgendwo einen Tausch abhalten. Das Geld gegen ihre Tochter!" sagte der Beamte mit dem Headset schließlich.

Sein Plan schien tatsächlich aufzugehen. Aber das hatte er von vorne herein gewusst. Er fragte sich, was ihr Vater wohl tun würde, wenn er wüsste, dass ihm die Polizei getrost zur Seite stehen konnte. Es würde seiner Tochter auch nichts bringen. Doch das sollte er erst etwas später erfahren. Sie waren alle so blind, dass sie nicht erkannten, was er eigentlich im Schilde führte. Aber wieso auch. Sie kannten seine Hintergründe schließlich nicht. Noch nicht. Vielleicht sollte er der Kleinen mal wieder einen Besuch abstatten.

Mit aller Kraft versuchte sie sich aufzusetzen. Sie fühlte, wie das warme Blut von der Wunde an ihrer Augenbraue über die Wange bis zum Kinn hinunter lief. Ihre Rippen schmerzten und sie hatte Mühe zu atmen. Sie hatte das Gefühl, dass es immer kälter wurde, denn sie spürte ihre Finger kaum mehr. Warum hatte er das getan? Sie zusammengeschlagen, um sie dann zu fotografieren? Der Gedanke, der ihr kam, ließ sie erschaudern. Er wollte doch nicht etwa ihre Eltern erpressen!? Sie hatten sowieso nicht viel Geld. Wieso hatte er ausgerechnet sie ausgesucht? Als sie den Schlüssel in der Tür hörte, zuckte sie zusammen.

Er kam herein und grinste über das ganze Gesicht. Ein selbstgefälliges, krankes Grinsen.

„Lassen Sie mich in Ruhe!" Sie brachte fast keinen Ton mehr heraus. „Warum sollte ich?" entgegnete er und setzte sich ihr gegenüber. „Was wollen Sie von mir? Wollen Sie mit den Fotos meine Eltern erpressen?" sprach sie ihre Befürchtung aus. „Erpressen ist vielleicht nicht das richtige Wort . . . ich würde eher sagen, ich erteile ihnen eine Lehre!" Seine Stimme ließ sie stärker frieren, als die Minusgrade in diesem Kellerraum. „Was wollen Sie damit sagen?" fragte sie mit zitternder Stimme. Ganz langsam, wie in Zeitlupe, streckte er seine knochige Hand nach ihr aus und legte sie sanft auf ihre Schulter. Ein merkwürdiger Schmerz verteilte sich von der Stelle, an der er sie berührte, über ihren ganzen Körper. Als würde seine Berührung ihre Haut verbrennen. „Fassen Sie mich nicht an!" zischte sie und versuchte sich seinem Griff zu entziehen. Er ließ sie los. „Ich bin ein Scheusal, ich weiß. Aber meine Vergangenheit hat mich zu dem gemacht, was ich bin!"

Mittlerweile war Mark an der Schwimmhalle angekommen. Er hatte die Reisetasche geholt und war jetzt auf dem Weg zu dem Lieferanten, der noch das Geld hatte. Während er über Funk mit der Polizei sprach, die sich im Wohnzimmer niedergelassen hatte, bemühte ich mich, das Zittern in meinen Händen zu unterdrücken. Wenn der Entführer schon bei der Tasche im Zug bemerkt hatte, dass die Polizei sie verfolgt, wieso sollte er es dann jetzt nicht wieder können? Was würde er tun, wenn er heraus fand, dass Mark und Anna seine Anweisungen immer noch nicht richtig befolgten. Würde er Ray noch mehr Schaden zufügen? Zuzutrauen wäre es ihm.

Auch wenn es sich jetzt im Nachhinein vielleicht weit hergeholt anhört, irgendwie habe ich in meinem tiefsten Innersten geahnt, dass der Entführer nicht nur auf das Geld aus ist. Es war ein schreckliches Gefühl sich darüber Gedanken zu machen. Würde ich Ray womöglich nie wieder lebend sehen? Aber noch war es nicht vorbei. Noch war nicht alles verloren. Vielleicht bildete ich es mir nur ein und der Entführer wollte tatsächlich nur das Geld und ich würde Ray schon bald wieder in meine Arme schließen können. Anna weinte immer noch. Ein Polizist wollte ihr eine Beruhigungstablette anbieten, aber sie hatte abgelehnt. Als mich die Gedanken an Ray und ihren Entführer fast zerrissen, bin ich aufgestanden und habe den Weihnachtsbaum abgeschmückt. Es war für Anna und meine Mutter wohl das Trostloseste, was ich hätte machen können, aber ich konnte es einfach nicht ertragen, die bunten Kugeln und Lichter am Baum anzusehen. Doch als ich den Baum abgeschmückt hatte, ließ mich ein grauenhafter Gedanke erzittern. Hatte ich etwa wirklich schon die Hoffnung aufgegeben? Hatte ich deshalb den Baum abgeschmückt . . . weil ich erwartete, dass wir dieses Jahr sowieso keine Kraft mehr hatten, Weihnachten zu feiern? Dass Ray nicht wieder kam und auch nie wieder mit uns unter Tannenbaum die Geschenke auspacken würde? Es war, als hätte ich mit dieser sinnlosen Handlung, mir und all den Menschen im Raum, ob sie Ray nun kannten oder nicht, die Hoffnung genommen, dass sie wieder kam.

Er wunderte sich immer noch darüber, dass ihr

Vater und deren Freunde und Helfer, die hirnlosen Beamten in mittlerweile blauer Uniform, immer noch nicht begriffen hatten, was sein eigentlicher Plan beinhaltete, als es Zeit war Mark wieder anzurufen. „Das haben Sie gut gemacht! Ich habe Sie beobachtet, als Sie bei meinem Lieferanten die Tasche abgeholt haben. Die Polizei hat Ihnen geholfen, ja!? Na dann hoffe ich, dass sie sich jetzt zurück gezogen haben . . . Hören Sie zu: Sie fahren jetzt Richtung Regensburg. Die dritte Ausfahrt biegen Sie ab. Fahren Sie nicht zu schnell, denn Sie müssen noch von der Abfahrt abbiegen, um auf einen Feldweg zu gelangen, der in einem Wald endet. Wenn Sie dort angelangt sind, rufen Sie mich an. Dann erkläre ich Ihnen die weitere Vorgehensweise. Wir hören voneinander." Ihr Vater hatte kein Wort gesprochen, bis er auflegte. Er hörte, dass er etwas sagen wollte, aber er ließ ihn nicht zu Wort kommen. „Du wirst schon sehen, was du von deiner blinden Gerechtigkeit hast!" sagte er flüsternd in die geschlossene Leitung.

Wie gelähmt starrte sie unentwegt auf die metallene Tür, die sie von ihrem Entführer trennte. Was würde er mit ihr machen, wenn er wieder kam. Was hatte er damit gemeint, als er sagte, er wolle ihnen eine Lehre erteilen? Wofür? Was hatten ihre Eltern mit diesem Unmensch zu tun? Sie hoffte inständig, dass er sie nicht als Lockmittel benutzte, um später ihren Eltern etwas anzutun. Doch egal wie sehr sich anstrengte, um endlich auf eine Lösung zu stoßen, es gelang ihr nicht. Sie hatte nicht die geringste Ahnung, was dieser Mann mit ihr oder ihren Eltern vorhatte. Sie war müde, aber sie wagte nicht, die Augen auch nur für wenige Sekunden zu schließen.

Als Mark das nächste Mal anrief – es waren mindestens zwanzig Minuten vergangen – hörten wir, dass er weinte. Seine Stimme bebte und er brachte kaum einen Ton heraus. Wie ein Kind vergrub ich mein Gesicht an der Brust meiner Mutter. Was war geschehen? War die Übergabe fehlgeschlagen, obwohl die Polizisten Mark auf wenige Meter gefolgt waren? Oder hatte es gerade deshalb ein Problem gegeben? Hatte er, wie ich vermutet hatte, doch gemerkt, dass die Polizei immer noch mitspielte? Der Polizist hatte nach den ersten Worten von Mark den Lautsprecher ausgeschaltet. Wir konnten nicht mehr mithören. Das war vielleicht auch gut so, denn Anna hatte nur wenige Minuten vorher einen Nervenzusammenbruch erlitten und musste jetzt gezwungenermaßen ein Beruhigungsmittel einnehmen. Vielmehr hätte sie wohl nicht vertragen. Und ich war mir auch nicht sicher, ob ich es vertragen hätte. Trotzdem wollte ich wissen, was geschehen war.

Ich wollte aufstehen, um einen der Polizisten zu fragen, doch mein Körper schien seine eigenen Pläne zu haben. Ich fühlte mich plötzlich so ausgelaugt, so zittrig, dass ich keine Kraft mehr hatte, aufzustehen. Ich kämpfte mit aller Gewalt gegen dieses Gefühl an, aber es war nichts zu machen. Endlich kam einer der Polizisten auf uns zu und setzte sich auf den Sessel uns gegenüber. „Es tut mir schrecklich leid Ihnen das mitteilen zu müssen, aber die Übergabe ist fehlgeschlagen. So wie es aussieht hat der Entführer nie vorgehabt, das Geld anzunehmen. Er hat ihrem Mann befohlen die

Geldtasche in einen Tümpel zu werfen und dann wieder umzukehren. Aber ich verspreche Ihnen, wir tun alles, um ihn zu finden!" Wie so oft an diesem Tag konnte ich wieder nicht glauben, was ich da hörte. So seltsam, es sich anhört, aber ich konnte es wirklich nicht. Wenn man solche Geschichten – ob erfunden oder nicht – im Fernsehen sieht, dann tun einem die Betroffenen, beziehungsweise Darsteller zwar Leid, aber man lässt es eben nicht an sich heran.

Die Allerwenigsten machen sich Gedanken darüber, was wäre, wenn ihnen so etwas zustoßen würde. Ich brauchte mir keine Gedanken mehr darüber zu machen. Ich war mittendrin. Und es war die Hölle. Das Beruhigungsmittel verhinderte zwar, dass Anna einen weiteren Nervenzusammenbruch erlitt, aber man sah ihr an, wie schlecht es ihr ging. Ich wollte mir erst gar nicht vorstellen, wie es Ray erging, wenn sie überhaupt noch lebte. Warum konnte ein einziger Mensch so viel Schaden anrichten? Wie konnte er uns nur so etwas antun? Erst machte er Rays Eltern die Hoffnung, dass sie ihre Tochter unbeschadet wiedersahen, wenn sie zahlten und jetzt hieß es, dass alles umsonst war, weil er Ray sowieso nicht mehr hergeben würde. Ich fragte mich zum hundertsten Mal an diesem Tag, was er vorhatte. Wollte er sie aus purer Gewaltlust umbringen oder gedachte er irgendeinen Nutzen aus ihrer Entführung zu ziehen?

Endlich. Er hatte es ihrem Vater gesagt und es war genau die Reaktion eingetreten, die er sich erhofft hatte. „Warum? Warum gerade unsere Tochter? Was haben wir Ihnen getan?" hatte verzweifelt ins Telefon geschrien. Das würde er noch früh genug erfahren. Dann wenn die leeren, starren Augen seines Engels in den kalten, klaren Nachthimmel gerichtet waren und dennoch keinen einzigen Stern mehr erblicken konnten. Es war Zeit der Kleinen einen weiteren Besuch abzustatten, um ihr endlich mitzuteilen, was ihr Schicksal für sie aus dem Ärmel zaubern würde.

Als die Metalltür klickte und ihr Entführer herein trat, zuckte Ray heftig zusammen. „Na, na, na ... was ist denn los? Hast du etwa Angst vor mir?" Ray gab keine Antwort. Sie unterdrückte das Klappern ihrer Zähne, aber beim Zittern ihrer Hände hatte sie keine Chance. „Ich finde, es ist Zeit, dir mitzuteilen, wieso du eigentlich hier bist! Wie bereits erwähnt, will ich deinen Eltern durch deinen Tod eine Lehre erteilen!" Sie starrte ihn entgeistert an. Hatte er gerade „Tod" gesagt. Er hatte das Ganze so beiläufig vorgetragen, als handele es sich um eine unbedeutendere Information, als ein Todesurteil. Sie hatte das Gefühl, ihr Herz wolle ihr aus dem Hals springen. So heftig pochte es. Nur mit viel Überwindung konnte sie sich dazu durchringen, ihm die Frage zu stellen, die ihr auf den Lippen brannte. „Aber wieso? Sie haben doch nichts getan!" Sie bekam fast keinen Ton heraus, ihre Stimme war heiser. „Bist du sicher, dass du das wirklich wissen möchtest?" fragte er und grinste breit. Das Ganze machte ihm Spaß. Ray nickte vorsichtig. „Deine Eltern haben mir meine Tochter weggenommen und weißt du, was sie dadurch erreicht haben? Elly ist tot. Und wieso? Weil deine Eltern der Überzeugung waren, meine Ex könnte besser für sie sorgen, als ich." Ray verstand nicht.

Was hatten ihre Eltern mit dem Sorgerecht dieses Mannes zu tun? „Sie waren Geschworene beim Gerichtsverfahren, vor zehn Jahren. Das haben sie dir nicht erzählt? Habe ich mir gedacht, na ja, jetzt weißt du ja, wofür du dein Leben lassen musst."

Ray lief ein eiskalter Schauer über den Rücken. Er wollte sie tatsächlich umbringen. Kurz hatte sie das Gefühl, als bekäme sie keine Luft mehr und fühlte einen stechenden Schmerz in der Rippengegend, als sie tief einatmete, doch sie erholte sich recht schnell. Mit glasigen Augen sah sie ihn an. Wie konnte jemand nur so grausam sein? Ihre Eltern hatten sich damals mit Sicherheit nicht böswillig gegen ihn entschieden. Sie hatten bestimmt ihre Gründe. Hatten sie?

Mark schaffte es nur noch taumelnd ins Wohnzimmer. Dann fiel er auf die Knie und stützte schweigend den Kopf in die Hände. Wir mussten sie finden. Wir konnten doch nicht einfach zu lassen, dass dieser Unmensch sie umbrachte. Er hatte kein Recht dazu, niemand hatte ein Recht dazu. Ich musste mir wirklich Mühe geben, um nicht ständig loszuheulen. Immer wieder versuchte meine Mutter mich dazu zu überreden, dass ich nach drüben ging. Aber ich blockte ab. Ich war hellwach, überdreht, aber hellwach, obwohl es mittlerweile schon ein Uhr war. „Was tun wir denn jetzt?" fragte Anna.

Ihre Stimme war nur noch ein Piepsen. „Unsere Ermittlungen laufen auf Hochtouren. Wir geben unser Bestes!" gab ihr ein Beamter zur Antwort. „Aber wir können doch nicht einfach nur hier rumsitzen!" warf Mark vorwurfsvoll ein. In dem Moment kam mir eine Idee. Ich verabschiedete mich mit den Worten „Bin gleich wieder da" und verschwand in unser Haus, schaltete den PC ein und machte mich daran, meine Idee umzusetzen. Ich suchte ein deutliches Bild von Ray, setzte es auf ein Textdokument und tippte darunter „GESUCHT! Wenn Sie dieses Mädchen (17 Jahre, 1,70 cm groß, blonde Haare, grün-blaue Augen, durchschnittliche Figur, schwarze Jeans, blauer Pullover) gesehen haben oder anderweitige Hinweise zu ihrem Aufenthaltsort haben, so melden Sie sich bitte umgehend bei der Polizei! Danke!" Dann druckte ich das Dokument 65-mal aus und ging damit wieder zurück. „Ich geh die hier ausfahren! Ist das okay?" fragte ich an einen Beamten gewandt, hielt das Blatt hoch und hörte, wie meine Stimme zitterte.

Der Beamte überlegte kurz, warf einen Blick zu meiner Mutter und nickte dann zustimmend. „Ja, aber fahr vorsichtig. Sei in einer halben Stunde wieder da!" sagte er. Ich gab meiner Mutter einen Kuss auf die Wange und rannte zum Auto. Ich stieg ein und drehte den Schlüssel. Meine Hände wollten kaum meinen Anweisungen folgen. Aber ich musste mich jetzt zusammen reißen. Auf der Straße war noch recht viel los. Schließlich war es Heilig Abend und um diese Uhrzeit fuhren viele von den Familienfesten nach Hause. In jeder Straße hing ich ein Plakat auf und rief nach einer halben Stunde meine Mutter an, um ihr zu sagen, dass ich länger brauchte. Es gab noch keine Neuigkeiten. Es war eiskalt und meine Lippen waren trotz Heizung, Skijacke, Schal und Handschuhen bereits blau angelaufen. Was Ray jetzt empfand?

Konnte sie überhaupt noch etwas empfinden? Bei diesem Gedanken schossen mit die Tränen in die Augen. Die Straße verschwamm vor meinen Augen und als dann plötzlich mein Handy klingelte, erschrak ich so, dass ich in die Gegenfahrbahn lenkte und gerade noch so eine Vollbremsung schaffte, bevor ich mit einem anderen PKW zusammen stieß, der wild hupte, aber weiter fuhr. Ich lenkte vorsichtig zurück auf die rechte Fahrbahn und hielt am Straßenrand an. Es war eine SMS.

So langsam ging sein Plan in die letzte Runde und damit rückte ihr Tod immer näher. Obwohl er sich darauf freute, fand er dieses Gefühl gleichzeitig abstoßend. Ihr weh zu tun war leicht gewesen. Aber sie gleich umzubringen? Er hatte ihrer Freundin die SMS geschrieben. Sie würde in einer drei viertel Stunde eintreffen, wenn sie die Aufforderung in der Nachricht befolgte. Hoffentlich vor der Polizei, dem Krankenwagen und ihren Eltern. Sie würde nichts mehr für ihre beste Freundin tun können. Genauso wenig, wie ihre gerechtigkeitsliebenden Eltern. Jetzt hatten sie ihre Gerechtigkeit. Er wusste, was er tat. Er war nicht verrückt. Alles war durchdacht und es würde gelingen. Jetzt erst Recht.

Nachdem ich die Nachricht auf meinem blau beleuchteten Handydisplay gelesen hatte, habe ich es fallen gelassen und war erst mal unfähig etwas zu tun. Heute mache ich mir ständig Vorwürfe, dass ich in diesem Augenblick vielleicht zu lange gezögert habe. Es begann zu schneien und es kam mir vor, wie eine Ewigkeit, bis meine Frontscheibe komplett zu geschneit war und ich es endlich schaffte meine Mutter anzurufen. Meine Stimme klang fremd, als ich ihr erklärte: „Mama? Schalt auf Freisprechen! Ich habe eine SMS bekommen. Moment, ich lese sie vor: Wenn du deine Freundin wieder sehen willst, dann fahr jetzt los und warte auf die nächste SMS! Beeile dich, jede Sekunde zählt." Meine Mutter sagte erst mal gar nichts. „Nina, hör zu . . . du tust, was er sagt und gibst uns sofort Bescheid, wenn er dir wieder schreibt, außerdem sagst du uns wo du lang fährst, wir schicken jemanden, der dir folgt!" meldete sich jetzt ein Beamter.

Ich stimmte zu und fuhr los. Ich hatte keine Ahnung in welche Richtung, und bemerkte erst, dass ich in die Falsche gefahren war, als ich die nächste SMS bekam. „Wahner Straße" stand da. Ich konnte von Glück reden, dass ich ein Navigationssystem im Auto hatte. Ich rief die Polizei an und teilte ihr den Hinweis mit. Wo blieb nur diese verfluchte Polizei. In der Wahner Straße hielt ich an. Keine SMS. Kein Anruf. Ich wartete. Ich wartete auf eine Nachricht und auf einen Polizeiwagen, der hinter mir auftauchte. Nichts geschah. Plötzlich kam eine Gestalt aus der Dunkelheit auf mich zu. Instinktiv verschloss ich die Türen von innen. Er stellte sich direkt neben mein Fenster und zog eine Waffe aus der Tasche. Sein Gesicht war maskiert. Ich konnte nur seine dunklen Augen mit dem stechenden Blick erkennen. Mein Puls raste. „Das Handy! Gib es mir durch den Fensterspalt!" sagte er laut und klopfte mit der Waffe gegen das Fenster. Mir blieb keine andere Wahl. Mit zittrigen Händen öffnete ich das Fenster und gab ihm das Handy in die Hand. Sofort kurbelte ich das Fenster wieder hoch. „Du fährst diese Straße durch, am Ende biegst du links ab und dann immer weiter gerade aus, die erste rechts und dort am Ende einen Waldweg entlang. Dort findest du deine Freundin. Ich warne dich, ich folge dir. Komm nicht auf dumme Gedanken!" Mit diesen Worten verschwand er wieder. Ich startete das Auto und fuhr den beschriebenen Weg. Nachdem ich am Ende der Straße abgebogen war, fuhr direkt hinter mir ein schwarzer Jeep.

 Er schien mir wirklich zu folgen. Ich hatte Angst, aber ich wollte zu Ray. Dieser Wunsch war stärker. Immer noch war keine Polizei zu sehen. Wieso brauchten sie so lange? Es dauerte zehn Minuten, bis ich am besagten Waldweg ankam. Ich schaltete das Fernlicht an, um etwas zu sehen. Ich kam nur einige Meter weit, doch mein Auto würde von der Straße aus, bereits nicht mehr zu sehen sein, dann drehten die Räder meines Kleinwagens durch und ich blieb im tiefen Schnee stecken. Der Fahrer des Jeeps stieg aus und kam auf mich zu. Es war der Mann mit der Waffe von eben. Er klopfte ans Fenster. „Von hier kannst du zu Fuß weiter gehen. Immer gerade aus! Ich bin dann weg! Viel Erfolg!" sagte er und grinste. Er sah krank aus. Ich stieg erst aus, als er den Rückwärtsgang eingelegt hatte und davon bretterte.

 Er hatte sie ins Auto geschleift und ihr den Mund mit einem Klebeband verbunden. In ihrer Tasche steckte der Zettel. Es würde ihre letzte Autofahrt werden, dachte er beiläufig. Im nahegelegenen Waldstück warf er sie unsanft auf den Boden. Sie versuchte sich zu wehren, aber sie kam nicht gegen ihn an. Schließlich lehnte sie sich verzweifelt an einen Baum. Sie zitterte.

„Es tut mir Leid, Kleines. Aber du warst schon seit deiner Geburt hier für bestimmt! Ich wünsche dir alles Gute!" sagte er mit gespielt sanfter Stimme. In Wirklichkeit drohte sein Vorhaben an seiner Nervosität zu scheitern. Er zog die Waffe aus der Tasche und richtete sie auf ihren Oberkörper. Ihre Augen waren vor Angst geweitet, Tränen glitzerten auf ihren Wangen, verzweifelt schüttelte sie den Kopf. „Gute Nacht, Kleine!" sagte er kalt und drückte ab. Ihr schmaler Körper zuckte kurz, dann schlossen sich ihre Augen. Er hatte sich vorher immer wieder klargemacht, dass er sich vergewissern musste, dass sie wirklich tot war, aber er brachte es nicht über sich. Ein letzter Blick auf „seine Kleine". Aus der Schusswunde im Brustkorb strömte das Blut. „Frohe Weihnachten" flüsterte er und stieg in sein Auto, um davon zu rasen. Sein Plan war vollendet.

Als er die Waffe aus der Tasche gezogen hatte, war sie sich sicher. Er würde sie umbringen. Ein schreckliches Gefühl der Machtlosigkeit stieg in ihr auf. Warum nur? Immer wieder diese Frage? Was hatte sie denn getan? Sie wollte noch nicht sterben. Sie war noch so jung. Sie hatte ihr ganzes Leben vor sich. Sie hatte keine Kraft, um weg zu rennen, als er sie aus dem Auto stieß. Sie hätte die Chance dazu gehabt, aber sie schaffte es nicht mehr. Ihre Beine wollten sie nicht mehr tragen. „Du musst kämpfen!" hatte sie sich eingeredet, aber umsetzen konnte sie es nicht. Sie hatte es versucht. Auf allen vieren war sie zum nächsten Baum geschlichen, um sich dort auf die Beine zu hangeln. Er hatte zugesehen. Wie ein kleiner Junge, der einen auf dem Rücken liegenden Käfer beobachtet, aber nichts unternimmt. Als sie sich schließlich erschöpft an den Baum gelehnt hatte, zog er die Waffe. Er zögerte nicht lange. Kurz bevor er abdrückte, fühlte sie eine endlose Leere in ihrem Kopf. Keine Fragen, keine Zweifel, keine Ängste. Es war zu spät. Sie konnte nichts mehr daran ändern. Sie schloss die Augen. Die Kugel, die nur Millimeter neben ihrem Herz einschlug, bemerkte sie kaum.

Ein dumpfes Geräusch drang an ihre Ohren und sie wurde für den Bruchteil einer Sekunde gegen den Baum geschleudert. Das warme Blut, das über ihren Körper lief, fühlte sie erst, als ihr Entführer ins Auto gesprungen war und Gas gegeben hatte. Sie versuchte den Zettel aus der Innentasche ihrer Weste zu ziehen, den er dort platziert hatte, aber sie hatte keine Kontrolle mehr über ihre Arme. Sie konnte sie nicht mehr bewegen. Sie zitterte vor Kälte, langsam verschwamm der dunkle Wald vor ihren Augen. Es war Weihnachten, die Nacht, in der der Heiland geboren wurde. Eine Träne lief über ihre Wange. Dann hörte sie schnelle Schritte. Sie würden nicht mehr rechtzeitig kommen.

Ich hatte eine Taschenlampe im Auto gefunden und rannte jetzt geradeaus durch den verschneiten und dichten Wald. Die kalte Luft brannte in meinen Lungen. Und dann erkannte ich sie. Ich hätte sie fast übersehen. Wäre fast an ihr vorbei gerannt. Sie lag da, die Augen geschlossen, mit dem Rücken an einen Baum gelehnt. Ich lief zu ihr und kniete mich neben sie. Ihre Lippen waren blau, ihre Haut weiß wie der Schnee. Und dann sah ich die Wunde. Entsetzt schlug ich die Hand vor den Mund. „Ray!" wollte ich schreien, doch es kam nur ein Flüstern heraus. Ich zog meinen Schal aus und drückte ihn auf die blutende Wunde. Dann legte ich ihr meine Jacke um und steckte ihre leblosen, steif gefrorenen Finger in meine Handschuhe. Ich legte den Kopf an ihre Schulter und begann haltlos zu schluchzen. „Danke!" hörte ich plötzlich jemanden flüstern. Es konnte unmöglich von Ray kommen. Erschrocken wich ich zurück. Sie hatte die Augen geöffnet, ihre stahlblauen Augen waren glasig und nur halb geöffnet. Sie lebte. „Oh Ray, Gott sei Dank, du lebst!" schrie ich begeistert. „Mir ist kalt!" flüsterte sie kaum hörbar. Ich zog die Jacke enger um ihren Körper. Ich wusste nicht, was ich tun sollte. Ich hatte kein Handy mehr und weit und breit war keine Menschenseele. Langsam schloss sie wieder die Augen. „Nein, Ray! Nein, bleib bei mir!" sagte ich verzweifelt und strich ihr über den Kopf. „Ich kann nicht mehr . . ." Ihre Worte waren nur noch ein Hauch. „Nein, Ray. Nicht aufgeben!" versuchte ich verzweifelt, sie am Leben zu halten.

„Du hast versprochen, dass du mich nie alleine lässt. Ray, ich brauche dich!" schrie ich sie an. „Ich werde immer bei dir sein . . . es . . . tut . . . mir . . . leid!" Ihre letzten Worte hallten wie ein Echo in meinem Kopf wieder. Ihre Hand in meiner verlor die Spannung. „Nein!" schrie ich und schluchzte haltlos. „Komm zurück!" Doch sie kam nicht zurück. Ihr Lächeln war für immer von ihren Lippen verschwunden, der Glanz ihrer Augen für immer erloschen. Ich fühlte mich wie in Trance. Ich schlang meine Arme um ihren leblosen Körper und krallte mich an ihr fest, als hätte ich Angst, dass sie gehen könnte. Sie war gegangen. Grausam aus dieser Welt gerissen. Es dauerte ewig, bis ich die Sirenen der Polizei hörte. In dem Moment hätte ich mir gewünscht, dass sie mich nie gefunden hätten und ich in dieser Nacht bei Ray erfroren wäre.

Polizisten in Schutzwesten und mit Helmen sprangen aus den schwarzen Bussen und rannten auf uns zu. Mansche liefen vorbei, um den Wald nach dem Täter zu durchsuchen.

Einer der Polizisten schrie „Hierher! Schnell!" Ein Sanitäter und ein Notarzt kamen. Der Sanitäter zog mich von Ray weg. Ich leistete keinerlei Widerstand, alles kam mir vor, wie im Film. Der Notarzt prüfte den Puls, dann schüttelte er enttäuscht den Kopf, begann aber sofort mit den Reanimierungsmaßnahmen. Nur wenige Minuten später trafen Rays Eltern ein. Als Anna ihre Tochter sah, brach sie in den Armen ihres Mannes zusammen. Ein weiterer Sanitäter kümmerte sich um die beiden. Irgendjemand legte mir eine Decke um und hob mich hoch. Dann hörte ich die Stimme meiner Mutter. „Nina, alles wird gut, mein Schatz!" sagte sie sanft und strich mir über den Arm. Nichts würde gut werden. Ray war tot. Was sollte jetzt noch gut werden? Im Krankenhaus spritzte mir ein Arzt ein Beruhigungsmittel.

Niemand sagte etwas. Obwohl ich keine Hoffnung hatte, dass der Notarzt es geschafft hatte, Ray wieder zu beleben, trafen mich die Aussage: „Wir konnten nichts mehr für sie tun" wie ein spitzer Pfeil.

In zwei Decken gehüllt, fuhr mich meine Mutter nach Hause. Ich fror trotzdem und ich bezweifelte, dass es je wieder warm werden konnte. Nur durch zwei Beruhigungs- und ein Schlafmittel, konnte ich schlafen. Mit einem Foto von meiner besten Freundin im Arm. Heute ist ihr zweiter Todestag. Mit tränennassem Gesicht sitze ich unter „unserer" Eiche im Garten. Es ist der erste Weihnachtsfeiertag. Es hat geschneit, aber der Schnee ist nicht liegen geblieben. In meiner zittrigen Hand halte ich meine Trauerrede, die ich an ihrer Beerdigung gehalten habe. Ich kann nicht beschreiben, wie sehr ich sie vermisse. Kein Tag vergeht, an dem ich nicht an sie denke. So gut wie keine Nacht, in der ich nicht mit Tränen in den Augen aufwache. Es ist schwierig, sehr schwierig.

Aber warm geworden ist es trotzdem wieder. Auch wenn ich es nie für möglich gehalten hätte. Es hat lange gedauert, bis ich wieder lächeln konnte. Die Gedanken an ihren Tod verdränge ich so gut es eben geht. Im Vordergrund stehen die an unsere gemeinsame Zeit. Oft sitze ich an ihrem Grab. „Für immer in unseren Herzen!" steht in silbernen Buchstaben auf dem Grabstein. Die Worte treffen zu. Sie wird für immer in meinem Herzen sein. „Ich bin immer bei dir!" waren *ihre* letzten Worte. Sie werden mir wohl nie wieder aus dem Kopf gehen, aber sie sind der größte Trost in dieser Zeit. Meine Mutter und ich verbringen viel Zeit bei Rays Eltern. Anna ist immer noch traumatisiert, aber es geht aufwärts.

Man hat den Zettel in Rays Tasche erst recht spät gefunden. Ich finde, dass es keine gute Idee war, ihn Rays Eltern zu geben. Es war die Nachricht von Rays Mörder. „Ich hoffe, sie wissen jetzt, was es heißt immer zwischen Hoffen und Bangen hin und her gerissen zu sein, um dann zu wissen, dass alles umsonst war. Ich hoffe, sie wissen jetzt, was es heißt, eine Tochter zu verlieren. Tobias Steinmaar." stand darauf. Mark macht sich immer noch Vorwürfe, musste zeitweise deswegen sogar Antidepressiva einnehmen. Ich bin der Überzeugung, dass sie keine Schuld trifft. Sie haben nach bestem Gewissen gehandelt, als sie sich in Sachen Sorgerecht für Elly Steinmaar für deren Mutter entschieden. Dass die beiden wenig später bei einem Autounfall sterben, konnte niemand ahnen. Tobias Steinmaar wurde vor einem halben Jahr in Mauretanien gefunden. Erhängt. Ich hoffe für ihn, dass er es wegen Rays Ermordung getan hat.

Dass er es bereut hat. Das hoffe ich wirklich. Ob ich Hass für ihn empfinde? Er hat meine beste Freundin umgebracht. Er hat uns Hoffnungen gemacht, dass wir sie unbeschadet wiedersehen. Dabei hat er alles von Anfang an geplant. Hass ist der falsche Ausdruck, es ist einfach nur tiefste Enttäuschung, über das, was sich heutzutage Mensch nennt. Wie in Zeitlupe falte ich das Papier in meinen Händen sorgfältig zusammen und ertaste mit der freien Hand das kleine Symbol an meiner Halskette. Das chinesische Zeichen für Rays Namen. Sie trug das Zeichen meines Namens. Sie trägt es immer noch. Wir haben sie uns gekauft, als wir vor acht Jahren zusammen in Spanien waren. Seitdem hat keiner von uns diesen Freundschaftsbeweis auch nur für eine Sekunde abgelegt. Sanft lege ich meine eiskalten Hände an den breiten Stamm „unserer" Eiche. Im Sommer haben wir immer unter diesem wunderschönen Baum gesessen und herum gealbert.

Ich schließe die Augen. Ich höre ihr Lachen. Eine letzte Träne bahnt sich ihren Weg über meine Wange. Der Baum beruhigt mich, er hat mich schon immer beruhigt. Ich ziehe ein Taschenmesser aus meiner Jacke und ritze vorsichtig meinen Gedanken in die Rinde. Dann streiche ich mit der Hand darüber, wie als wenn ich mich für die Wunden entschuldigen möchte und lese jeden einzelnen Buchstaben.

Der Wind rauscht durch die blätterlosen Äste. Es ist wie eine Antwort. Ein Lächeln auf meinen Lippen, meine Stimme nur in meinem Kopf. „Wir werden dich nie vergessen, Ray!"

EIN NORMALER VORMITTAG

Ein Mann schlendert durch das Einkaufszentrum, es ist vormittags und er hat heute etwas Zeit und möchte sie nutzen, um noch was zu besorgen. Seine Tochter hat nämlich heute Geburtstag, 5 Jahre wird sie. Sie wünscht sich eine schicke Barbiepuppe, mit einem Pferd.

Also geht er in ein Spielzeuggeschäft und geht dort die Reihen ab. Er findet sie im hinteren Regal und das passende Pferd steht daneben. Er nimmt sie und das Pferd und geht zur Kasse. Dort bezahlt er und stellt fest, dass er immer noch ein wenig Zeit hat. So geht er noch in Richtung einer Eisdiele, kauft sich ein Eis, Vanille-Schoko und setzt sich gemütlich auf eine Bank und genießt die Kühle und den Geschmack.

Ab und zu lächelt er vorübergehenden Frauen zu, er weiß, dass er gut aussieht, 185 cm groß, schwarze volle Haare, braune Augen, nicht zu dunkle Haut und athletisch, die meisten Frauen lächeln natürlich zurück und er freut sich. Als er fertig gegessen hat, guckt er zur Uhr und stellt fest, dass er immer noch Zeit hat.

Er steht auf und überlegt, dass er seiner Frau noch einen Blumenstrauß mitbringen könnte, da würde sie sich bestimmt freuen und er sucht einen Blumenstand. Da sah er sie plötzlich, schwarze Haare, braune Augen und einfach rassig. Er lächelt sie an, sie lächelt zurück und streift ihn leicht am Ärmel beim vorbeigehen.

Da bleibt er stehen und guckt ihr hinterher. Sie geht in Richtung Toiletten, kurz bevor sie in den Gang verschwindet, dreht sie sich noch mal zu ihm um und schenkt ihm ein kurzes Lächeln.

Nach einem kurzen Überlegen dreht er sich um und geht auch in Richtung der Toiletten. Er weiß, dass da ein langer Gang ist und dort will er es wagen. Die Toiletten sind ganz hinten und kurz vorher geht eine Treppe in das Untergeschoß. Die Frau hat ihn fasziniert und da er ein wenig schüchtern ist, möchte er es nicht in der Öffentlichkeit machen. Er legte die gekauften Sachen unten ab und wartet oben am Rand der Treppe. Nach einigen Minuten klappt eine Tür und er sieht sie kommen. Sein Puls steigt, sein Herz hämmert bis in seinen Hals hinauf, er ist aufgeregt.

Sie sieht ihn und fängt an zu lächeln, bleibt dann stehen und öffnet ihren schönen sinnlichen Mund.

Gerade, als sie das erste Wort sagen will, schnellen seine Hände vor und schließen sich um ihren schlanken Hals. Ihre Augen werden groß. Sie möchte schreien, aber sie bekommt keine Luft.

Brutal zerrt er sie die Treppe hinunter, wirft sie auf den Rücken, setzt sich auf ihren Bauch und verstärkt den Druck um ihren Hals, sie strampelt und versucht sich zu wehren, aber gegen ihn hat sie keine Chance.

Nach kurzer Gegenwehr wird sie schwächer, das zappeln ihrer Beine lässt nach und ihre Augen schließen sich. Da holt er tief Luft, lässt ihren Hals los, zieht sie ein wenig hoch und fasst mit der einen Hand unter ihr Kinn. Mit seiner anderen Hand hält er ihren Hinterkopf. Dadurch bekommt sie kurz Luft, öffnet ihr Mund und will gerade schreien, da drückt er mit Schwung die Hand an ihren Kinn nach rechts und die Hand am Hinterkopf nach links. Es knackte leise und sie erschlafft. Schwer atmet richtet er sich auf, guckt zu ihr runter und horcht. Oben ist alles ruhig, nur die ferne Kaufhausmusik ist zu hören.

Er steht auf, streicht seine Sachen glatt, nimmt die Sachen für seine Tochter und geht die Treppe hoch. Da fällt ihm ein, das er noch Blumen kaufen wollte, er geht zum Blumenladen, kauft ein Strauß roter Rosen, bezahlt und geht zum Parkplatz, zu seinem Auto.

Zu Hause angekommen geht er die Treppe hinauf, bleibt vor seiner Wohnungstür stehen, klingelt und versteckt schnell die gekauften Sachen hinter seinem Rücken. Die Tür geht auf und seine Tochter guckt ihn mit großen Augen an, er holt die Tüte mit ihren Sachen vor und zeigt sie ihr. Ihre Augen werden noch größer, sie springt ihn an, drückt ihn und rennt mit der Tüte in die Wohnung. Seine Frau kommt ihn lächelnd entgegen und er überreicht ihr den Strauß Rosen.

Sie drückt ihn zärtlich an sich, küsst ihn und flüstert: „Danke mein Schatz, war heute irgendwas, warst du mir treu?" Er schließt kurz die Augen und antwortet: „Nein, es war nichts heute und du weißt, es gibt keine andere für mich. Die anderen Frauen interessieren mich einfach nicht, das weißt du doch."

Er drückt seine Frau zärtlich an sich, nimmt sie in den Arm, geht mit ihr in die Wohnung, dreht sich um und schließt leise lächelnd die Tür.

DIE SEITENSTRAßE

Nina zog fröstelnd die Schultern hoch, denn es war empfindlich kalt geworden. Warum nur wollte Karl sie in dieser düsteren Seitenstraße treffen. Ein mulmiges Gefühl durchdrang ihre Magengegend. Der Nebel, der sich hinter ihr langsam verdichtete, trug auch nicht zur Stimmungsaufhellung bei. Es sah so verlassen aus.

Diese Ruhe wirkte irgendwie beängstigend und die Autos am Straßenrand wirkten, als ob sie schon vor Jahren hier abgestellt wurden. Weder Mensch noch Tier störte die Einsamkeit, die sich hier gespenstisch breit machte. Wo war Karl? „Er kommt gleich, nur keine Panik!", beruhigte sie sich selbst.

Es sollte doch ihre gemeinsame Zukunft beginnen, im Haus seines Onkels, dass er geerbt hatte. Bisher hatte sie es noch nicht gesehen. Ob es eines dieser Gebäude war? Vor hundert Jahren hätte sie ihre Freude daran gehabt, doch . . . Alles sah heruntergekommen aus. Um daraus ein Heim zu schaffen, würde es ein Vermögen kosten. Heiße Tränen schossen aus ihren Augen. Wie konnte er nur? Sie liebte die Sonne, die Weite, Wald, Wiesen. Hier würde sie ersticken. „Keinen Fuß setze ich über die Schwelle!", schwor sie sich, „Lieber lasse ich unsere Verlobung platzen!" Missmutig ging sie weiter. Aus einiger Entfernung kam hastig eine Gestalt auf sie zu.

Das Herz schlug ihr bis zum Hals und mit einem erstickten Schrei fiel sie ihr um den Hals: „Karl, du Schuft! Mich durch diese Öde zu schicken. Ich glaube, ich habe mir in die Hose gemacht. Tue mir das nicht an. Ich kann hier nicht leben. Verlange das bitte nicht von mir!" Konsterniert blickte der junge Mann sie an: „Nina, wovon sprichst du überhaupt? Wer sagt denn, dass du hier leben musst? Komm schnell, mein Auto parkt im Halteverbot. Diese Straße war doch nur eine Abkürzung, du Hasenfuß. So brauchte ich mich nicht durch die ganze Stadt zu quälen um dich abzuholen.

 Lass uns in Bernis Gartenbar gehen und uns aufwärmen. Dort zeige ich dir dann die Fotos von Onkel Franz Villa auf dem Land. Es ist dort einfach traumhaft. Du wirst begeistert sein!"

DIE GROßELTERN DES SCHRECKENS

Im Kinderheim herrschte schon absolute Ruhe. Auch bei dem achtjährigen Frank war alles ruhig und dunkel im Zimmer. Die Schwester hatte vor einer Stunde das Licht bei ihm ausgemacht und ihn eine „gute Nacht" gewünscht.

Frank war schon seit seinem dritten Lebensjahr im Kinderheim. Seine Eltern hatten sich scheiden lassen und niemand konnte Frank aufnehmen. Vorm Fenster stand ein Mann. Die Schwester war nachlässig und hatte nicht darauf geachtet, ob das Fenster geschlossen war.

Der Mann ergriff die Gelegenheit und stieß das Fenster auf, aber leise, ohne jegliches Geräusch zu machen. Dann kletterte er hinein und sah sich in der Dunkelheit ein wenig um. Er konnte zunächst nur schatten erkenn, doch dann erblickte er das Bett des kleine Franks. Leise schlich er hin und blieb eine Weile vor seinem Bett stehen.

Er konnte nur einen schnarchenden Schatten erspähen, der neben dem Kopfkissen lag. Der Mann nahm das Kissen und roch erst mal daran. *Frisch bezogen,* dachte er und drückte es dann auf das Gesicht des schlafenden Jungen.

Frank fing an zu zappeln und ein dumpfer Schrei kam durch das Kopfkissen hindurch. Immer heftiger zappelte der Junge und versuchte auch immer lauter zu schreien, doch das Kissen stoppte seine Hilferufe. Der junge hatte Angst und versuchte das Kissen von seinem Gesicht zu drücken, aber vergeblich. Langsam bekam er keine Luft mehr und die Angst zu ersticken wurde immer größer. Seine Kräfte ließen allmählich nach und bald schon hatte er sich seinem Schicksal ergeben.

Einmal zuckte der Körper noch und dann bewegte sich nichts mehr an ihm. Der Mann schlug die Bettdecke zurück und nahm den kleinen leblosen Körper auf den Arm. Er war nicht schwer. Leise schlich der Mann zur Tür und öffnete sie ganz leise. Spärliches Licht fiel etwas ins Zimmer.

Der Mann öffnete die Tür weiter und schlich sich mit dem leblosen Körper auf den Arm hindurch. Sanft schloss er die Tür wieder.

Auf dem langen Flur herrschte eine Totenstille. Leise schlich sich der Mann an den Zimmern vorbei und blieb dann fast am Ende des Ganges vor einer Tür stehen. Sachte öffnete er auch diese Tür und schlüpfte hindurch. Ruhig schloss er die Tür hinter sich.

Da stand ein Bett am Fenster. Aus ihn war ein- und ausatmen von jemanden zu hören. Der Mann ging mit der Leiche auf den Arm zum Bett und blieb stehen. Den Leichnam legte er auf dem Fußboden und schob ihn dann unters Bett.

Der Mann holte eine Spritze aus der Hosentasche und setzte sie dem schlafenden etwas auf den Oberarm. Dieses kleine Geschöpf schlief so fest, aber sicher war sicher. Dann injizierte er den Inhalt der Spritze in den kleinen Körper.

Kurz darauf nahm der Mann den kleinen Körper aus dem Bett und legte ihn auf dem Boden. Dann holte er den Leblosen Körper unter dem Bett hervor und legte ihn auf das Bett.

Die Bettdecke wickelte er zu einem langen Tuch zusammen und hängte es über der Deckenlampe. Dann formte er eine Schlinge am unteren Teil der Bettdecke und holte den Leichnam des kleinen Frank. Er packte seinen Kopf und drehte ihn nach hinten. Es knackte einmal im Genick. Der Mann steckte Franks Kopf durch die Schlinge und zog sie zusammen. Da baumelte nun Franks Leiche am Betttuch. Den anderen Körper, der auf dem Boden lag, nahm der Mann wieder hoch und verschwand mit ihm aus dem Zimmer, schlich den Flur entlang und ging in das Zimmer in dem er zuerst war zurück. Dort kletterte er mit dem fest schlafenden Körper durchs Fenster und zog es dann von außen wieder zu.

Anmerkungen des Autors:

Sie können mit mir sehr gerne in Kontakt treten, entweder per Post, E-Mail oder Telefon. Mich können Sie auch auf folgender Website www.sandrohuebner.de finden und kontaktieren. Meine Kontaktdaten sind auf der Website hinterlegt. Wenn Sie mir was Spenden wollen, teile ich Ihnen gerne meine Bankverbindung mit. Kleine Spenden sind gern gesehen.

Desweiteren sind meine anderen Bücher, wie diese hier unten aufgeführt werden, bereits überall erhältlich – auch bei mir, mit Autogrammwunsch. Für meine E-Book Liebhaber, teile ich gerne mit, dass alle meine Bücher auch für jeden E-Book-Reader erhältlich sind.

- SAD SONG - Trauriges Lied -
- Juliette und Taddei eine Liebe forever
- Rückkehr eines träumenden Delfins
- Fesselnde Psycho-Horror-Geschichten

Autor:	Sandro Hübner
Titel:	SAD SONG
	- Trauriges Lied -

Genre:	Kriminalroman
Seitenanzahl:	66
ISBN:	978-3-7407-3007-9
Verlag:	TWENTYSIX

Autor:	Sandro Hübner
Titel:	Juliette und Taddei eine Liebe forever

Genre:	Liebesroman
Seitenanzahl:	68
ISBN:	978-3-7407-3030-7
Verlag:	TWENTYSIX

Autor:	Sandro Hübner
Titel:	Rückkehr eines träumenden Delfins

Genre:	Roman
Seitenanzahl:	56
ISBN:	978-3-7407-3399-5
Verlag:	TWENTYSIX

Autor: Sandro Hübner
Titel: Fesselnde Psycho-Horror-Geschichten

Genre: Horror
Seitenanzahl: 208
ISBN: 978-3-7407-4455-7
Verlag: TWENTYSIX

Viel Spaß beim Lesen!